羽澄——著

嶼滔

夸父之墜

目次

楔子　追尋中的不是太陽　005
第一章　存在與否不是歷史課的事　008
第二章　福音不是演講而來的產物　020
第三章　看見事實不是監視器的功能　032
第四章　預言未來不是占卜的目的　043
第五章　時間不是原諒的理由　057
第六章　自由的人不會屈服恐懼　068
第七章　驅除不是第一個步驟　078
第八章　催眠不是信手拈來的技巧　090
第九章　靜觀其變並不是坐以待斃　101

目次

第十章　兇手不只是真相的附屬品　112
第十一章　咒語不是說出來就會成立　125
第十二章　勇氣不是憑空就能獲得　138
第十三章　驅使的動機不會只有一個　152
第十四章　正義不是不擇手段的藉口　163
第十五章　時間不是線性上的單點論述　174
第十六章　存在不是被認知就能有意義　185
第十七章　眼耳所聞未必是真物　197
尾聲　夸父　210
後記　220

楔子　追尋中的不是太陽

他在奔馳，瘋狂地跑。

他試圖張開雙手，反正擺手也沒有讓自己跑得更快些，不如伸直了手掌，讓指尖感受激烈的熱度、讓面向的風被指頭穿過去，他在前進。

目標沒有靠近自己，可能有那麼一瞬間，他以為自己可以更靠近了些？

他必須跑，不斷地跑。

不追的話，那強烈白熱的光芒就是一枚遲早要凋謝的曇花。可是只要不斷地追尋，他就可以一直看著它發光了。

那種光芒很舒適嗎？不，其實炙熱的讓人難以接受，讓他繼續發熱發光照在自己卑萎的身軀上讓他乾渴痛苦無法順利呼吸喘不過氣。

那為什麼？

不放棄了呢？

為什麼他看不見感受不到那些痛苦？

喔對了，他看不見也感覺不到，因為他已經專心在追尋的中途，沒有放棄的指標，不是線上遊戲可以下線停機。

他不能停，不停地跑。

所以他必須不斷地向前奔跑。

不奔跑追尋著它，它就不再發亮了。

它不發亮，它就不知道自己是誰了。

那我們不就必須詢問，真的有人知道自己是誰嗎？誰是誰的孩子、誰是誰的創造者？

有人說自己被什麼團體造就了，沒有團體就沒有今天的自己。但我們自己也同樣造就了今天的團體，如果沒有你，這個團體也從來不存在了，它是你生命中的一部分、還是你是創造它不可或缺的一部分。你沒了它會如何？它沒了你又會如何？

誰的地位在上，誰比較高等，或是誰該優先。

沒理由地，他還在跑。

這又與那個人在奔跑追求的事物有什麼關係？

比起這個問題，我們又與這名追尋者是什麼關係？

我們認識他嗎？他重要嗎？

他還在跑，不斷地跑，他在奔跑。他是在狂奔，沒來由地、有來由地都沒有意義，他的意義就是狂奔地追。

如果知道一切都已經崩壞、所有信念都是謊言，你還能不顧一切地向前奔跑嗎？

《山海經》：「夸父與日逐走，入日；渴，欲得飲，飲於河、渭；河、渭不足，北飲大澤。未至，道渴而死。棄其杖，化為鄧林。」

第一章　存在與否不是歷史課的事

《山海經》中曾載：「夸父與日逐走，未至，道渴而死。」

夸父在神話中，看見了太陽，並且興起了與太陽比賽競速的念頭，但是他所有的努力並沒有得到正向的回應。

口渴喝乾了路過的河水，最後也還是渴死在路上。

而他的身軀成了一整片樹林，供給路上行人，乘涼、休息的一片林蔭，或許就是夸父逐日的事件對於整個世界唯一的貢獻。

只是他真的在追尋那顆不斷發光發熱、過幾百億年就會壓縮成黑洞的恆星嗎？

他是巨人，是神話中的人物了，是神族。跟什麼盤古、女媧、后羿應該是同一個種族的人啊！

這些上古神族透過文字或符號隱留在我們的生活脈絡當中嗎？他們真的死亡、消逝？還是其實從來不存在？

「好了，下週是連假沒上課，下下週要上台報告的同學記得提前來教室上傳檔案、準備投影片。」

教授在台上敲了敲黑板，然後提醒大家下週誰要上台被她批鬥。正好就是我這組了不是嗎？我感覺自己臉色鐵青，好像已經知道自己死期的罪犯那樣——這個刑期有一半還是我他媽自己跳進去的。

「沒問題就下課。」

鐘聲很精準地響了，這週的報告組也才終於從台上解脫，幾名精神比較脆弱的已經把眼睛給哭腫。

他媽的，我必須再提醒自己一次：我，謝恩嶼，這次真的他媽的死定了。享年大概是二十一歲，死因是在中文系的神話學課被老師電到起飛、被同學的尷尬注視到死。

我真的超害怕上台報告，早知道要上台報告我就退選了。

偏偏課程大綱沒寫、老師期中臨時起意，我們必須自己弄一個報告出來上台。

夸父是這學期的一個主軸，可以從夸父故事與其他《山海經》神話的連結性、文化性、社會性做任何形式的報告。

而大家也真的嚼盡腦汁在完成，而目前為止所有人都只有一個共通點，就是被這堂課的老師電到飛起來。

「好想死喔……」收拾完東西，撇一眼剛才被罵哭的報告組同學，我在座位上哀號。

他媽的。

＊

中文系大三的學生，處於一種即將就要畢業了，然後又無法得知未來在何處的迷茫感。

我可能有點無法感覺到夸父的那種追尋感，而導致我的報告現在進度十分慘澹。

謝恩嶼，我有一個筆劃很多的名字，幼稚園起就因為寫名字作業而無法真心喜歡這個名字。

我的名字裡帶著島嶼，又要謝恩。

我家族裡的人多是商人，家族長輩們總以能否賺錢當作價值衡量標準，而我一個讀中文系的也被嘴了好一陣子。

總之我的茫然感來自生活各處，那天在家和我親弟弟幹話家常說道：

「欸我以後沒賺什麼錢的話你會接濟我嗎？」我原本打趣地問我正在念大一的弟弟。

「不會」

他倒是回得乾脆，讓我自生自滅的意圖明顯。而他也是個討厭家中長輩的個性，可是他也不會單就因為這樣去無緣無故接濟誰。

「那萬一我餓死街頭呢？」

「我會先查你保險保多少。」

幹……

我當時還真的去查了我的保險有多少，父母好像給我們準備的很齊全，看起來只要誰坐飛機發生空難，另一位就衣食無缺了。

不過這些當然是幹話，一些不著邊際，我們也不會去實行的屁話。現實來說（也就是我們日常生活的那種現實），我們沒遇過銀行搶匪、沒遇過洗錢弊案、自然也不會成為詐領保險金事件的主角。

我們存在的現實就是如此無聊，大家讀自己的書、打自己的工。

坐在學校交誼廳內，我電腦開著，一手擲著筆與一本線圈筆記本。

『我們的現實就是日常的生活，不會有超出常理的事件。』

我在筆記本寫下字句，這是我的習慣，會把一些想到的句子記錄下來，可以成為靈感庫。

約定要討論的組員都沒到，看起來他們都很想退選這個科目了，與我一組的成員都是大一、大二的學弟妹，他們的選課空間比較寬裕，所以當個幾科都沒差。

而我真心祝他們全都他媽的大延畢。

＊

「欸，阿嶼，你在發呆啊？」

回過神來，我第一眼見到的不是出現在桌邊叫我的人，是我在筆記本的紙頁上寫的那一行字。

我們的現實就是日常的生活，不會有超出常理的事件。

對，所有的日常應該就是如此。

抬起頭，看見的是學長，石滔學長。

「嗨學長，謝謝你願意來幫我。」老實說我都快哭了。

石滔學長是我們系上的大學長，他雖然是延畢生，可是他的延畢不是那種打混翹課造成的延畢，聽說是因為家裡的緣故而不得不的決定。

詳情他並沒有跟我們說明，我和石滔學長是在迎新營隊時認識的，在那個時期的石滔就已經是校園內的風雲人物，聽說他擁有相當高的智商，在課堂間的教授們也都知道有這麼一個又聰明卻又還沒畢業的奇葩學生。

至於他智商高或是很聰明的實例？諸如上課期間能和老師討論艱澀的學理問題、考試拿高分也是常有的事，更重要的他也修過和我同個老師的神話學，而他是有史以來唯一沒有被那個教授在台上砲轟的學生。

我會修這門可也是石滔學長推我入坑，我實在不知道該哭還是該笑，雖然說了要幫我的忙，但我又不是石滔，最後一定也是上台被砲轟。

「唉呦，幹嘛一臉要哭了？」學長的表情跟口吻溫柔，我都感覺自己被他當幼稚園的孩子在哄了。

我看著石滔清澈的眸子，表情開朗的學長嘴角勾著笑，他並沒有讓人第一眼看到就會印象深刻的面孔，但凡相處過後，所有人都會討厭不起這個人。

「都是你叫我選陸老師的神話學啦！現在報告快天窗了。」我說的欲哭無淚。
「你其他組員呢？」
「要退的都退光了，剩下的也跟我一樣沒有頭緒。」
「真慘欸。」全世界聽到我的處境大概只剩真慘兩字好說。
「今年主題是什麼？」學長接著問下去。
「夸父。」我邊說邊拿出自己的筆記，我感覺自己的語氣沒有生氣。
「追太陽的巨人嘛！」石滔學長感覺想開玩笑，可是我笑不出來。對了，石滔學長很不會開玩笑，可能是他凡事太認真的緣故。
「學長不要講得你跟他很不熟一樣啦……」我微弱地哀嚎。
「我的確跟他不熟啊！你想想，我們從來沒有人真正地認識夸父、我們聽過他、史書上有記載他的存在，告訴我們他存在的是國文老師、歷史老師。」
我聽得一頭霧水。
石滔學長在我對面的座位坐了下來，然後拿出一個有密封蓋的不透明陶瓷碗，應該是他的便當。
「什麼啊？他存不存在跟我們的報告應該沒關係吧？我們不是要根據《山海經》文本去分析〈夸父逐日〉這個篇目嗎？那我們討論夸父是否真有其人不就離題了。」
「阿嶼，並沒有離題喔。」石滔學長笑著，將便當放在面前卻不打開。

我不解，持續疑惑地看著石滔學長，後者看起來故弄玄虛，可能是因為我們有三節空堂所以可以慢慢聊。

「存不存在這件事情和我們要分析的文本一定有關，體察事物存在與否的判斷點本身就和文本的傳遞是相互連結的。例如說：我們從史記裡面看到張良是存在的，他在跑路期間遇上了一名指使他撿鞋、替他穿鞋的圯上老人。這個故事標誌了兩個人物，張良和圯上老人。那麼問題來了，你認為張良存在嗎？」

「存在。」我不加思索地回答。

「那圯上老人存在嗎？」石滔學長接著問。

這次我想了幾秒，我修過史記課，如果依照當時的課程，答案只有：

「應該不存在吧，圯上老人是司馬遷在〈張良列傳〉下的伏筆，用來隱喻張良在後來所有的謀劃基礎。」

「好，那麼你怎麼判斷張良存在？」

我這次愣了下來，沒有想過這樣的問題，張良這個歷史人物是大部分人自小聽到大的，也聽說他是戰國時期最聰明的人物之一，而這個七國之內最聰明的腦袋是怎麼被平庸的世人認識其存在的？

我想都沒想過。

可是事情應該要有一個答案。

「嗯……史書有記載，然後世人口耳相穿，從最早看過他的人而來判斷他應該存在。」

「很好，那麼現在出現問題囉。」學長玲瓏的大眼轉了兩下，看起來狡猾的可愛。

「你說的所有條件，圯上老人都具備，你有發現嗎？」

愣。

「啊！」對欸。世人口耳相傳、有文本記載。張良跟圯上老人在這點上一樣，而且也都是從我的認知出發。

「所以對我們而言，只聽過張良、只讀過張良，沒有影像、沒有親眼看見、或是沒穿梭時空到那個時代，我們根本不知道張良是否存在，以及圯上老人是否不存在。」

學長的話感覺很玄，可是又無法反駁。

「人生觀被我顛覆了？好可愛喔你。」學長嘲笑了我一聲，雖然語氣挺像調戲的，可是並不討厭。他可能忍不住，伸出食指與拇指輕捏我的臉頰，也拉回了我在話題上的注意力。

接著他將手上的便當盒推到我面前，說出又令我不解的話：

「你看，這個便當盒裡面有一隻貓喔。」

「蛤？」什麼？他說什麼？

「你相信嗎？」學長眨了眨眼，笑得有點賊。

「怎麼會相信啊！一定沒有吧？」我說，或許是因為剛才學長的理論，我有點無法確定，感覺對方一定又設了什麼陷阱給我。

「你怎麼知道沒有，難道之前有事先看過？」

我不知道該說什麼，學長的表情突然煞有其事，好像他這小小的盒子裡——

真的有一隻貓。

好像要將人吸入泥淖的沉默持續幾秒，我想起高中自然組的物理課，提及過的那個理論：有一名叫薛丁格的人提出了，將一隻貓放在一個密封容器之中，那麼在任何人都沒觀測到的狀況下，這隻貓既是活的、也是死的。

非生非死的疊加態。

「學長，你在跟我玩薛丁格的貓吧？」

「嘿，聰明。」石滔開懷大笑，「可是我這便當真的有貓喔！」他把他手上那個「石滔的貓便當」打開。裡面是普通的便當，白飯上用醬汁畫出貓的臉。

「耍詐欸！」我也笑出來。

「這是魔術，當你以為沒有，我跟你說有後你又以為沒有，實際上還是有。對我而言便當盒裡的貓是『存在』的，而且我的情況並不能適用『薛丁格的貓』。」

「因為你已經觀測到了嗎？」

「是的，就跟魔術一樣，我知道你會連想到薛丁格的貓，然後否認之後經過懷疑、然後最終的否認。最後卻還是證明自己被我騙了。」學長笑得很開心，然後拿起筷子開始慢慢吃午餐。

「可是你是玩弄定義吧學長？便當做的貓跟真正的貓，我們兩人一開始定義就不一樣。」我有點小抗議。

「沒錯，認知上的差異，就會造成謎團。」石滔學長慢條斯理地享用便當，可是我突然想到，這跟我的報告好像沒半點屁毛關係啊！

「學長……雖然你剛剛說的都能說服我，可是我們話題好像扯遠了。」

「並不會喔，我們還在同一個話題上。」學長瞇起眼笑，然後稍微放下筷子說。

「咦？」

「你自己依照剛才的脈絡，去思考，夸父真的存在嗎？」

夸父存在嗎？石滔學長的話讓我感到困惑，夸父的存在於我而言，和張良、圯上老人、便當裡的貓，有什麼關聯？

「他們都是在看到文本記載、聽說這樣的脈絡下，與我們而言『存在』的事物。」我回答，突然覺得石滔學長的引導式問答很強，我完全被牽著走。

然而我還是有些無法釋懷。

「所以學長，你是要我以存在論去出發，那麼我要說夸父的存在可以成立嗎？」

「不是，可能你還沒完全理解。」石滔學長扒了兩口飯，菜色好像不錯。

「我們當然從來沒有看過夸父，對於我們而言，夸父這個人物是不存在的，《山海經》描述的那個追逐太陽的巨大鬍鬚張是不可能存在於21世紀的。」

學長打開我的筆記本，在我稍早寫下的那句話上劃線：「我們的現實就是日常的生活，不會有超出常理的事件。」然後說道：

「你這句話說得真好。」

「蛤？因為我們沒觀測過嗎？」

「對，所以那個《山海經》描述的夸父存不存在，對我們來說沒有意義。」石滔學長的眼神又變得認真，他眼裡黑白分明的顏色好像會發光似的。

「所以我們確定了夸父不存在，又怎麼能讓剛剛學長說的主題成立？」

學長又吃了一口，眨個眼然後點點頭，我懷疑他在刻意賣萌什麼的。

「夸父本身不存在，可是夸父代表的那些人存在啊。」學長頓了頓又繼續說：「夸父毫不畏懼地追逐太陽，他的肉身據說化為鄧林、那精神呢？」

「呃……上天堂？」

「不是啦，阿嶼你不要裝可愛啦！」他說著，然後把手指彎成貓掌敲我的額頭。

明明一直裝可愛的是學長你啊！

「精神，不是指靈魂那種，但要說是也可以啦。我講的精神指的是支撐夸父追日行為的支架，是無形的主體。」

「夸父的，無形主體？」我又聽不懂了。

「對，夸父被後來的人作為一種死命追逐的代表，有些努力的人也擁有夸父精神，像什麼愚公移山啦這類的。可以說夸父本身代表的就是一個朝著某種目標死命追著不放的人。」

我又懵了一下，可是想了想又有邏輯，好像有個架構出現在腦海。

「所以，夸父的精神依附在人的身上確實存在。那些擁有『夸父』精神的人，確實存在於現代，在我們身邊。」

我說，然後學長看起來滿意地點點頭。

「從這方面去想，或許去看些哲學著作，從存在主義去看，或是去做些田野，我想這題目是可行的。」石滔學長恢復哄小孩般的溫柔表情，然後開始專心吃飯。

我應該能相信沒被陸老師罵過的學長。

可是，我還藏了一個疑問沒有問他，這跟我們討論的東西沒什麼關聯性，我也沒有提出來。

夸父他，在追求什麼？

第二章　福音不是演講而來的產物

「認知的落差，就會有謎團產生。」

我把學長跟我說的一些話標記在筆記本裡面，同時在筆電裡面已經擬好報告的大綱，評估後想了想，還是覺得自己一個人去查存在主義相關論文太吃力了些。

於是我打算跑田野。

田野調查，是很常見的一種研究手段，可以做問卷、親自走訪、訪問或是到想調查的地點查閱當地的歷史文件。當然我的理解是淺薄的，雖然本身是中文系，但我目前的能力只做得到查閱古籍之類的。

我看著關於謎團的那一段話，說不定我對田野調查的認知淺薄到無法順利做好田野，那我的報告還是會完蛋。與其讓我這種半調子來，不如去找會的人比較好吧！

只要填補認知的落差就可以讓事情順利前進，學長的話裡面似乎隱含這層意義。

於是我需要找到一個可以田野的對象、以及一個可以協助我田野的人。

我可能必須去找另一名學姐，總覺得我這次的報告會依靠很多人來完成，真是太好了。

我並非喜歡蹭學長姐的人，這一切都是情勢所逼。

帶著想要把報告完成的野心，我手拿著筆記本向著校內另一棟教學大樓移動，我們學校不像其他大學那麼大。校園沒有很大的空間，還分成兩個校區。

現在所在的是比較大的校區，有近幾年才新落成的新大樓和綜合樓，綜合大樓除了上課使用的教室之外，也含有各個處室、社團教室。這個大樓地形比較特別，地下一樓是學生餐廳以及一個圓形廣場，廣場上方是開通的，也就是可以從一樓、二樓、三樓直接往下看見廣場有什麼活動。

我們稱那個廣場叫做望星廣場，是辦各種活動還有表演的地方，每過一段時間就會熱鬧一次，剛好，近期有個大活動所以望星廣場今天也很熱鬧。

「第〇〇屆東吳大學學生自治選舉，學生議會議員候選人政見發表會。」

布條掛在廣場上方，台下圍著一圈的觀眾，事實上觀眾的位席是高的、包含一樓、二樓圍著廣場看的，環坐一層層包圍在中央演講的候選人。像是古羅馬那樣，眾人看著要發表的人上台進行小型的政治角力，我原本以為會像是廝殺，但這邊終究是學生嘛，能做到像角力已經是極限了。

而我身在二樓遠遠地看，這個距離其實已經聽不清楚政見發表會的具體內容了，可是可以看到整個廣場的全貌，包括其他樓層的觀眾，那一圈又一圈的人頭，有多少人是看熱鬧的、有多少是真的關心學生自治、民主這檔事？

「感覺我們很像羅馬競技場的看客。」我身邊有一個人這樣說道，可是我不記得我認識他。

轉頭看過去，發現居然沒有人，與我視線平行的方向沒有一個看起來可以對我說話的人走過。

難道，媽呀我聽見鬼的聲音了？

「你是故意的對不對？」那個聲音又來了，這次我發現說話者了，這個人比我矮了一顆頭。他是一個表情不悅的小眼睛男生，我有一百八的身高，那眼前的傢伙大概是一百六左右。

「抱歉……老實說我真的沒看見你。」我帶有歉意，剛才那個轉身沒看見對方的樣子實在失禮。他大概覺得因為身高被歧視了。

「真假？」他狀似驚訝，突然也不再生氣了，反而好奇地抬頭端詳我的臉。

「所以你看不見眼睛下方的部分吧？這樣真辛苦。」對方下了結論，這次換我微微驚訝。

「是……視線有點死角，是老問題了，所以我也不能考駕照。」我實話實說，但我偶爾會偷騎一小段路的車。不過我是第一次遇到有人剛遇到我就看出來的，也可能只有這個矮小的男生可以看出來，畢竟——他矮吧。

「辛苦了，你是中文系的大三生嗎？我好像在系上其他課看過你呢。」矮小的男生這樣一說，我腦海裡的記憶被勾了一下。

「啊！我好像看過你，你是那個、呃，諸葛？」

確實，我是看過眼前這個人的，他是和我同屆的，雖然不熟但也有同修過一些現代文學的課。教授或老師好像也會與他交流，他身邊的人也對他有既定的稱呼，那就是諸葛。

「嘿對，我是諸葛，跟你一樣是中文系大三。」對方的小眼睛瞇著笑了一下，不知道怎麼來的，他身上籠罩一種神祕感。

「我是謝恩嶼，我們之前是修……系主任的現代文學史吧？」

「是啊，我記得主任有讓你上台過，你那時好像很緊張，我有印象哈哈。」

尷尬的事情被提起，我露出不失禮貌的微笑。想起來確實有這麼回事，不過那是為了加分才做的，現在想起來以我當學期的分數根本不需要為了家那一兩分而上台。

「不過你剛剛也說這邊像羅馬競技場吧。」我想換個話題，剛好把他應該是隨口說的話拿出來。

「喔。對啊，你不覺得像嗎？這裡是角力場，如果他們言詞激烈一點，就會有更多人來看他們在望星廣場廝殺。」

「是吧，但這樣也不錯。」

我跟著附和，他的觀點和我異常地相似，是觀點和我相同的人呢。

「不錯嗎？或許吧。」

「有人看就是有人關心，選舉就是這樣。」或許我在腦海裡對民主制度的想像很狹隘，不過現下我們看見的日常就是這樣。

「啊？」諸葛突然發出疑惑的聲音，「不是啦我不是說這樣不錯。」

「那你是說什麼？」我皺眉，看來也不是完全一樣。

「你看這個座位方式，在最低處的是候選人，旁邊的觀眾都在較高的位置吧？」他說。

「我覺得這樣很民主，選民應該是在高的位置上審視該選擇誰來服務他們，而被選舉人則該保持低的位置，看見被服務者應該比自己更優先。」

「這樣啊……」聽諸葛說的，好像自己也能隱約感覺那樣的氛圍。

「原來自己也具有這樣的地位，感覺奇妙。」我說，然後諸葛點頭。

「更了解自己一點總是有好處的呢，哈哈！有更想了解自己嗎？」

「啥？」什麼？他剛剛是想推銷我什麼嗎？

「我們塔羅社正在招生喔，樓上有社團體驗活動，要不要來體驗一下？剛好我要值班了，你來我免費幫你算。」

什麼鬼。

找我攀談是因為要業配社團的是嗎？

「我還以為推銷包包跟愛心筆的只有在車站才有。」我誠實地感想，對方也不以為意地指了指他在三樓的攤位處。

「你不是也要上三樓嗎？」

靠，他怎麼知道。

「你怎麼……」正要發出疑問，卻被眼前這位諸葛硬生生打斷，拋來的是小眼睛的神祕自信表情。

「算出來的啊。我昨天就已經算出今天會在這遇到要趕往三樓的你了，不信我等等表演給你看。」

真假啊？

＊

於是我被諸葛拐到三樓，主要是該死的好奇心驅使。

到樓上一見到的是幾個不同的社團擺台，有賣吃的或喝的，其中一張桌子沒有擺放食物，桌前有塔羅體驗的海報外，桌上鋪著防止卡片刮傷的絨布。

只見諸葛走進桌子的占卜師座位上，然後從自己的背包拿出另一塊較小塊的桌墊放在桌上，那是一張畫有五芒星法陣的絨布、另外拿出用紫色絨毛收納袋裝著的塔羅牌，看起來是他專屬的占卜用具。

專心看他的用具時，我也注意到他拿出一件有兜帽袍子，是黑色的，看起來不會太厚重，可是披上去居然讓他產生一種真正魔法師般的奇特氣場。

「算個牌這麼隆重嗎？」我不禁詫異道。

「風格嘛，我諸葛就是走這種風格的。」他笑著回應，然後煞有其事地開始洗牌。

「假掰風吧哈哈哈——」他身旁的其他塔羅社成員起鬨地笑，雖然諸葛翻了翻白眼但也沒有回嘴。

「他算得準嗎？」我從他洗牌的手轉移注意力，問起離我最近的塔羅社員。

「諸葛還蠻厲害的，雖然他真的很會假掰就是了。」聞言其他看似認識他的人都笑了一下。

我的好奇心又更加濃厚了些。

神祕的氣氛越來越濃厚，即便是人來人往的走道，也好像在這個塔羅桌旁邊隔起圍籬。隔絕開所有干擾的氣場，不曉得是因為他的架式還是服裝，這個叫做諸葛的人確實擁有一種神祕的引力。

屏障也不是完全不會被打擾的，例如出現一些較大的干擾，就會……

「民進黨不倒！國家不會好！」

有人拿起大聲公，一行人從二樓走了上來，有些人舉著海報跟標語，然後有一名高壯的男生領著頭，剛才的大聲公就是他發出來的。

「馬的又來……」

原本已經進入狀況的塔羅師低聲咒罵，然後停下手邊的動作。

那個領頭帶大聲公的男生額上繫著白色頭帶，就停佇在三樓的樓梯口邊，開始大聲地演講，而他的身邊拿海報、標語的人和他一樣白色頭帶。

標語包含斥責現在國家執政黨、要現任元首下台等詞彙，都是白底紅字，看起來刺眼又醒目。

而那個領頭人開始他的大聲公演講：

「民進黨通過同性婚姻，違反人倫的立法、罔顧民意！他們這一切都是為了讓島嶼獨立、背棄祖國、數典忘祖！請各位和我們一起扳倒這個萬惡政黨！」

講的內容用他開頭的第一句就能解決了，其餘都是重複的東西，沒什麼邏輯可言。

我皺著眉頭時不時看一下，諸葛也滿臉不耐煩，像在忍著不去趕人。

聽得出來這個演講者對於現正的執政者有相當不滿，或許與他的價值道德觀有所背棄什麼的。可是我們學校以自由的人文學風聞名，因此就算有這樣的聲音也頂多是聽聽就算了，大家有默契地不會去驅趕。

所居住的島嶼近幾年通過了同志婚姻的法案，我認識的大部分人都是高興的，畢竟知道自己住的地方可以有更多包容和善意——至少惡意看似減少了——大家都希望有更多不公平的事情消失。

「勿忘世上苦人多！我們祖國復興社在此呼籲執政黨要重視民意，切莫再操作意識形態！」那名演講者鏗鏘有力地下結論。

一行人不久後就揚長而去，看起來是要去下個地點演講，這應該類似某種快閃活動之類的。另一方面，諸葛的表情不是很好看。

「煩死了，他們最近兩三天就來一次，重點還都是在我值班的時候。」

「他們自稱是『祖國復興社』？」我沒聽過這個社團。

「不是登記在案的社團，應該是自組的，聽說從上次大選後不久成立，只是因為社員不夠，還有一些行政事務他們也不會跑流程，所以申請一直不成功。」諸葛翻了個大白眼，好像跟這些人很熟。

「不會跑行政？那怎麼弄社團？」

「很可笑吧？搞到最後還說的跟學校刻意要因為政治傾向刁難似的，明明我們學校的高層都是像他們一樣的統派。」

「有點扯，那你知道那個帶頭演講的人是誰嗎？感覺你很了解。」

「哈，你說拿大聲公的高個子？他在校內社團圈算是臭名很多啦，他叫黃奔陽。據說他也是動漫研究社的社員。可是他常常說一些歧視言論，被人辯論駁倒就暴怒、跟政治理念不合的人大打出手，已經被學校警告過幾次。是這一年他才學會用這種快閃演講的手段，可能是大聲說出想法特別爽吧。」

諸葛再一次地翻了大白眼，口吻足夠地鄙視。

「反正就是沒讀什麼書又沒什麼邏輯的人，總是在說其他人政治迫害他們復興社的人，殊不知根本沒人要理他。」

「等等，你說他喜歡動漫？」這是我不可置信的點，這種人不是通常討厭日本的東西嗎？

「對啊，聽說他超愛新世紀福音戰士欸，常常聽到他走在路上放那部動畫的片頭主題曲。」諸葛笑了出來，想必他也認為這很奇葩。

不過我的結論就三個字：什麼鬼？

即將上課的鐘聲就要響了，我還沒去找我要找的人，卻在塔羅社跟莫名的政治演講旁花了時間。

「你趕時間的話先走吧，我們可以下次再算牌，我先加你的社群帳號。你要找的人應該還在他們社辦，趕快去吧。」他說，然後他的手機螢幕上出現我的社群帳號頭像。

「喔……好吧。那先這樣，掰啦！」

我拿出手機按下確認好友，然後快步跑向我原本的目的地。

等等，他怎麼知道我要找人的？

＊

他將手機打開，螢幕上有確認好友的訊息，坐在占卜桌前其實沒事就挺無聊的。

然後他將另一通訊息點開，傳上一張貼圖。接著打上一段訊息：

「你居然沒跟我說他眼睛有死角，害我差點生氣。」

「哈哈哈，偶爾也想調皮一下啊。」

「對誰調皮來著？學長你這樣介紹我們認識不覺得繞太大彎了嗎？」

「不會啊，我覺得做田野的幫手這種東西自己找到比較有實感，讓他有種『啊，就是他』的感覺他會做的比較起勁。」

「但今天不順利，算牌前就被黃奔陽和他的統派小夥伴打斷了。」

「真可惜欸。」

「沒差，反正之後有機會。」

「也是啦，不過你有聽說一個傳言嗎？」

「什麼？」

「選舉委員會最近好像有些狀況，好像出現了一個什麼『火男』的傳言。孟璇跟會長他們好像都弄得焦頭爛額了，甚至到了要找我幫忙的地步呢。」

他看了看訊息，停下打字的動作稍微思考。

火男？

這所學校真是無奇不有，他歪了歪嘴打了幾行字。

心情算是高興吧，雖然今天沒幫預計要算牌的人算到牌，不過也讓那個姓石的學長欠了自己一次人情，不是很虧。

打開手機裡的音樂軟體，想聽幾首歌來轉換心情，隨機的歌單卻在這個節骨眼跳出了那首歌。

残酷な天使のテーゼ　悲しみがそしてはじまる

抱きしめた命のかたち　その夢に目覚めたとき

——《殘酷天使的行動綱領》　残酷な天使のテーゼ

（作詞：及川眠子　作曲：佐藤英敏　編曲：大森俊之）

《殘酷天使的行動綱領》，也就是新世紀福音戰士的主題曲，明明剛才好死不死地跟對方提及，現在就聽見這首歌了。

歌詞意外的讓人感覺神祕，是與《新世紀福音戰士》最匹配的一首歌，輕快的節奏、力度與穿透都強勁的演唱者。但他突然間也覺得這首歌與現下所有狀況都不搭調，沒有什麼人會真的成為神，即便透過演講者傳頌的福音也是。

他想了想又打開手機的對話視窗，在與委託方的對話串下加了一行字：「太複雜的事情我要收費。」

第三章　看見事實不是監視器的功能

進到綜合大樓的社辦區，而那個我要找的人正好從社辦出來，和我在走廊相遇，看起來也是要去上課才對。

她是系上的學姊，揹著輕巧的帆布袋，裡頭應該是裝有上課用書。阿文學姐是個看起來輕盈的人，連裝扮都是有碎花的長裙加上圖案簡單的白色T恤。

我們都直接喊她阿文學姐，是我以前跑迎新活動時認識的人，她也與許多社團、學生議會的人熟識，具有正義感、又很熱心於公共事務、關心時事。同時她也有做過語言學、社會科學的相關報告，關於田野的問題，我想找她應該是不會錯。

「阿文學姊。」

「欸？阿嶼？」

「呃，妳趕去上課嗎？」

「不是，我今天幫選委會一些忙，順便弄社團的東西，怎麼了嗎？」

「有事情想拜託，可是不知道妳有沒有時間。」

「是什麼事啊？啊不然等等你傳訊息給我如何？沒課但是我那邊事情比較多，他們現在缺人手。」她問，可是看起來她也有點急切，可能要處理的事情真的有些急。

「這樣喔……」我有課我有課我有課我有課，可是我不想被陸教授在台上電，於是我抱著曠課的罪惡感說：「缺人手的話，不如我跟去吧，說不定能幫上忙，拜託的事我們路上說。」

「真的嗎？你沒課啊？」阿文學姐感覺很驚喜，可是又不掩愧疚。

「沒事沒事，那堂課翹一兩堂也沒關係的！」我拍胸脯保證，事實上我的翹課額度快不行了。

但這是為了我的報告。

「那我們走吧。」

＊

我隨著阿文學姐來到位在綜合大樓地下一樓的學生選委會辦公室，裡頭的人忙進忙出，焦頭爛額的人們沒有一點放鬆的表情。

這裡也就十來人，桌上還擺放著一些選舉用的投票箱、其他桌子空下來是放一些文件，一些跑行政用的公文空白單。還有更多的東西，如文件夾、選務人員私人物品、書本、袋子被丟落在地上。

這裡是經過戰爭嗎？

有些人持續打著電話，有些人在室內的櫃子裡翻來翻去，其他的幾名志工也在整理丟落在地的東西，也有投票箱被丟在地上。

異樣的地方是這裡十分地凌亂，這通常不是該有的樣子，尤其我認識的幾名選務人員都是有條不紊的人，怎麼會搞到這麼混亂？

「發生什麼事了嗎？」

我問學姊，她的表情也是錯愕的，顯然這裡的混亂程度也超出她的想像。

「他們說這裡有人來搗亂，可是沒抓到是誰，他們也不知道對方的長相，不曉得有沒有東西不見。」阿文學姐黑著臉說，然後我們一起上前幫忙收拾混亂的局面。

「阿文，妳來了。」一名女生和一名男生朝我們走來。男生很高，髮色很個性的挑染成金色，好像戴著隱形眼鏡，他很眼熟可是我想不起來這男的名字。另一名髮長到背部、穿白襯衫黑褲裝的女生我認識，是選務委員中的孟璇。

「欸？阿嶼怎麼也來了。」

「我聽到有需要幫忙就跟來了，還好有來，這裡看起來很需要人手欸。」我邊說，邊把掉在地上的那些選票都撿起來整理成一疊，不知道我會不會把不同的票弄錯成一堆，所以我又檢查一次。

「對啊，一回來就變這樣我們都超崩潰的。」孟璇哭喪著臉，當然不是真得哭出來，她眼神裡的堅毅樂觀，透過臉上那副眼鏡還是傳出一層不免會有的無奈。

「你們知道發生什麼事嗎？為什麼會搞成這樣？」學姊也整理了一堆散在地上的紙張，然後停下手來問。

「大概有人存心搗亂，很明顯。」那名男生說話，相較之下他格外冷靜，也沒急著動手整理，環顧四週被弄亂的部分。

「哲凱，你們對誰可能是兇手有頭緒嗎？」阿文學姐問，她一說出對方的名字，我也想起這個高挑的男生是誰了。

李哲凱，是下一屆學生會的會長參選人，事實上他也是學生會的幹部之一，在校內社團圈或是社群討論版上都可以看見他活躍的身影，不過他已經是所有人公認的會長了。

「我第一時間去問過，攝影機拍到的……」

「真的不見了！」驚慌的大叫聲打斷會長的話，一名應該是選務志工的人跑到孟璇面前，他應該是清點東西的人，剛剛就在一旁反覆數著這裡所有東西。

「什麼東西不見？」

「學生議員投票箱不見了，還有一些選票好像有被燒掉的樣子，有人在校舍後面的空地找到燒剩的殘骸。」

「誰這麼無聊？」我不禁皺眉，這些事情都是小東西，大家都知道投票箱和選票都能再印再做。

為什麼要花時間搞這麼無聊的舉動呢？

「那些東西應該可以再做，倒是做這種事的無聊份子肯定不久會被抓到的吧？」阿文學姐和我的看法相同，因為這個辦公室外是有攝影機的。

「不，我們不知道是誰。」哲凱一臉嚴肅，接著他說道：「外面的攝影機只拍到模糊的人影，我剛剛有去翻拍下來，你們看。」

他將手機裡的畫面拉出來，我們看傻了眼。

畫面上確實看不見那是誰，這間大樓的這間辦公室，從這個角度剛好迎著下午逐漸斜照的太陽光線，有個很明顯不自然的閃光從畫面的另一角閃過來直射畫面。接著一個人影帶著那種不自然的閃光走，因為光線太強而看不清臉型和其他身體特徵。

根本看不出是誰走進去。

「搞什麼……這樣根本不知道是怎樣啊！」我驚呼，而旁人也明顯是如此認為。

「可是我們可以認定是人為的沒錯。」

的確，看起來確實是有人算好時機利用太陽光的反射來干擾攝影設備。可是光源真的有強到可以把攝影器畫面弄到拍不清人嗎？

「那有看到不見的投票箱嗎？那個箱子不小欸，應該是很難帶走的，帶走也會被拍到。」阿文學姐又提出疑問。

對啊，應該不難知道箱子的下落，總不可能也沒拍到？

「不，也沒有，甚至沒有像這個人影一樣很大的光影出現，那個人影進去後過幾分鐘就走了出來，同樣沒有看見箱子。」

投票箱憑空消失？

我們聽了不禁倒抽一口氣，這件事情給人的感覺也太毛了。

「那時候這裡都沒有人嗎？」我問。

孟璇和哲凱兩人對看一眼，臉色更難看了些，反而旁邊的那名志工先開口。

「原本有兩個志工在這裡整理東西，可是事情發生後她們就受傷了，現在先回家休息，好像還昏迷了一小段時間。」

昏迷？

「用光影干擾攝影設備、帶走投票箱、搗亂選舉器材、然後連工作人員都弄傷？」我不敢置信，很明顯是針對，且有備而來，居然有人為了一場大學校內的學生選舉做到這地步。

「那兩個受傷的同學，有說什麼嗎？」阿文學姐露出努力思考的表情。

「我有先去問過了……」孟璇面有難色，她接下來要說的話她自己都很難相信，「她們說昏倒前看到，一個全身像火一樣發光的『火男』。」

*

全身發光的火男。

他們這樣說，而讓所有的選務人員都相當頭痛，包括辦公室的整理、器具和選票的製作重印等。消失的是政治系的投票箱，在我們學校，各系可以投各系的學生會長、議員人選。

「大費周章的搗亂，未免也太過刻意了？」

「這件事情很奇怪沒錯，阿文她應該很不爽吧？以她的個性。」

石滔學長回應起我的抱怨，我翻攪著咖啡杯上的冰淇淋，我們兩人約在學校旁的簡餐餐廳吃晚飯，石滔學長今天意外的好約。而我腦中是阿文學姐隱含慍怒的表情。

「對，她超不爽。」

「這件事情她肯定要關注到底了呢。」學長悠悠然的咬一口附在咖啡餐旁的蛋糕，接著切下另一塊，舉到我面前道：「來一塊嗎？」

「不用啦……學長你吃就好。」雖然那塊蛋糕在你手上相當可口，但我手上還有冰淇淋咖啡啊學長！

「好吧，可惜了呢。」他將那口吃下，咀嚼幾次露出笑容，我分不清是因為蛋糕還是因為要說的話：

「所以誰都不曉得發生了什麼事，對吧？」

「箱子憑空消失、監視器沒拍到人臉、根本不知道狀況的目擊證人。」我把事件列舉出來，看起來就像是很陽春的偵探小說，不過是發生在大學校園內的無聊事件。

「我開始覺得自己筆記本上那句話錯了欸，學長。」我說，而學長回應我前把最後一口蛋糕吃下。

「怎麼會？你那句話說得很正確欸，不要否定自己嘛。『我們的現實就是日常的生活，不會有超出常理的事件。』喔！」他還刻意重複我的話，臉上好像微熱，都讓人感到不好意思了。

「可是我今天翹了課去幫阿文學姐，不是捲進了超常的事件了嗎？」而且我還沒有問到關於田野的事情。

「欸，這些事情並不是真正的『超常』，頂多是『看起來超常』的『非日常』而已。」石滔學長眨了眨眼，看起來古靈精怪的眼球興致盎然地直盯著我。

「學長又在跟我玩弄定義了呢。」我皺眉，讓自己小心不掉入對方的語言陷阱。

「哪有，事情的本質從定義出發才是正確的嘛！你看，每個人都有經歷非日常的經驗，可以是搭錯車、生病、突然要出公差等等，突發事件如果不常發生在我們的生活裡面，就可以是為『非日常』。」

我看著學長的表情，又是他拿手的那種等我回應的樣子，看起來像是隻貓，等待人拿逗貓棒來玩一樣。

「你是要說『超常』的存在是已經超出常理，所以我們不可能體驗的對吧？」我說，然後我也將咖啡上的冰淇淋吃掉。

「對一半。」學長瞇起眼笑說起來：「我們的確沒辦法去體驗真正意義上的『超常』，可是不能忘記所有的『超常』都是人定義出來的，其實那些有的像是薛丁格的貓一樣，是沒被觀測到真身的存在。那麼當我們體驗了『超常』的時候，只是我們還沒有去真正觀測到事件『日常』或

『非日常』的樣子。」

我有點暈頭轉向，石滔學長的語句像是繞了多次的線頭，摸不著準確的向度。

「抱歉抱歉，我說得太複雜了，阿嶼的程度很難懂吧。」學長笑的幅度更大了些，我感覺被嗆了，忍不住翻白眼。

「最後那句多餘……」

「總之就是當你覺得自己正在『超常』的事件中，實際上也是『觀測』的角度沒有看出全貌。因此在觀測者都沒辦法確定的狀態下，事件就是『超常』而非我們一般認識到的『日常』、『非日常』。」

「可是我們攝影機和目擊者都有，監視器既沒看見箱子如何不見、被攻擊的人員也說看見了奇怪的『火男』，這怎麼樣都不正常吧？」我想要就今天的體驗來挑戰學長的理論，照理來說，目擊者和監視器畫面，也應該是「觀測」的一環啊！

「阿嶼，監視器和目擊者，可以算是觀測者沒錯，可是如果觀測者本身也是『超常』事件的其中一個環節，那也不能被視作一個可以客觀以待的『觀測者』了啊！而且監視器的主要功能在我看來，並不是用來『觀測事實』的，而是用來『紀錄事件』的。」

石滔學長說著，滿眼的笑容溢出來，然後將他吃完的蛋糕空盤推到我面前。

他到底多想要我吃他剛剛吃的蛋糕啊！

「你剛剛看著我把蛋糕吃完，對吧？」

「對啊，怎麼了嗎？」原來不是要我吃蛋糕，又要猜謎嗎？

「我剛剛有顆草莓不見了，你覺得是我吃掉了嗎？」石滔一臉神祕地問，而我被問愣了。草莓？剛剛上蛋糕時的確有顆草莓，可是學長有吃掉那顆草莓嗎？整個蛋糕都吃完，理應有吃草莓吧？

「不是你吃的嗎？」我小心翼翼的問，感覺有既視感。

學長對我眨了一眼，把另外一個放咖啡的杯子推到我面前，在那個可以遮蔽我視線的杯子後面，沾著奶油的草莓靠在杯身、躺在放杯子的小碟子上。

啊！對，剛剛學長完全沒吃草莓，因為我看著他吃蛋糕的，而他在開始吃蛋糕前就把草莓放在杯子後面。

「如果東西一開始就不在現場，就不會有存在的可能！」我激動地喊出來，音量還太大了，引起旁人側目。

我趕緊縮下來，可是內心的激動還是難平。

「對，一開始就不在的東西不會在那裡，事情只是順序不同，有人闖入辦公室事件，跟投票箱消失的事件不是同一件事。箱子一開始就沒搬進那個辦公室，在那之前就被人拿走了。」

學長表情得意，然後把草莓送到我面前：

「那阿嶼你要吃這個投票箱嗎？」

「學長你別鬧了，那你知道目擊者看到的火男是怎麼了嗎？」我把嘴歪成一個ㄟ字，看著對方把草莓一口吃掉，嘴角還沾上奶油。

「那個目前還不明朗，不過能肯定的事情是火男和投票箱消失是不同人所為的沒錯。」

我皺眉，有點無法接受，因為學長感覺很悠閒。悠閒到不像完全不知道事實一樣，可是照石滔的個性，不百分之百了解真相，他就不會出手。

我也懷疑他真的知道火男的真相是什麼，不管是錄影拍到的、工作人員看見的，火男的存在似乎也在學生社團間傳開了，搞不好會變成日後的校園都市傳說也不一定。

「對了阿嶼，你明天去找阿文談完的時候，就順便去找另一個人吧。」

突然的，石滔學長話鋒一轉，讓我想起我自己有報告要寫……天啊，又過了一天毫無進度了。

「找誰啊？」

「我覺得適合做田野合作對象的人，你一個人肯定需要幫忙尤其需要有些民俗學或神話學、神祕學知識的人幫你。我剛好就認識那麼一個喔！」

「的確啦……畢竟阿文學姊很忙不可能都麻煩她，我也需要另外找個幫手做田野。」

「其實原本想要你自己去想到這件事，可是我看直接跟你說比較快呢。」學長輕輕地笑帶過。

我倒覺得自己的智商又被戳了一下。

「所以是誰？」

「就是那個塔羅社的諸葛喔！」

石滔學長笑容滿面，那個表情跟我的眉頭深鎖形成強烈對比。

第四章　預言未來不是占卜的目的

隔日。

我在社團活動的時間來到學姊社團的社辦。

最近除了學生選舉之外，也是各個社團都在辦活動的高峰期，包括了學姊他們的社團，所以阿文學姐確實會很忙，想要找她大概也只能得到簡單的提點而已。

「你好，請問……」我進到社辦沒看到阿文學姐，他們看起來都沒空搭理人，多半都在製作布條和道具。

歷史難容社，是一個關注政治議題和轉型正義的社團，以學生角度出發，辦講座、關心時政，成員雖然少但都是充滿熱情且有行動力的人。

阿文學姊就是這個社團的一員，最近他們會在學生自治選舉期間舉辦一連串轉型正義相關講座，於是現在這期間他們努力地製作海報、布條、邀請講師等事宜。

看見我走進社辦，一些社員抬起頭來關心，直到有其中一人走過來和善地說道：

「你是來報名講座的嗎？啊，我們擺台還沒開始喔！」

對方是一個看起來微胖的男生，身穿西裝褲和充分燙平、有某種獨特格紋的白襯衫，領口掛著花色簡潔俐落的深色領帶，在某個座位旁可以看見一件黑色西裝外套掛在那裡。

他的裝扮很正式，不知道是不是因為有活動還是怎麼樣，這身裝束可能還有些過頭了。

「呃，不是，我是來找阿文學姐的。」

「找阿文？她還沒來欸，那你在這邊等一下好了。」西裝男相當有禮地帶我到一個空座位上坐下。

老實說我感到很尷尬，不過其他難容社的社員好像也不太介意。

「明天有空也可以來我們擺台處報名講座喔！」他遞了一張講座的傳單給我，我說聲謝謝就接過了。

「你們今天有活動嗎？」出於好奇，我試著跟西裝男攀談起來。

「活動喔？沒有啦，下午我們都會在這裡製作活動用的道具。穿西裝是我自己的習慣，果然很奇怪對吧哈哈哈。」

他是奇怪的人，不過個性挺爽朗的，他一邊製作手上的東西，一邊和我閒聊。他叫做賴灼仁，是社團的幹部之一，熟人都會喊他是大仁哥。

我們聊了半晌，也讓我感到自在了些，畢竟其他社員都不介意有訪客，都是些友善的人。阿文學姐也在不久後到了社辦：

「嗨！阿嶼。」

「學姊，抱歉今天又打擾了。」我趕緊起身。

「沒關係，還要謝謝你昨天有來幫忙呢！而且你不是說有事要問嗎？」

我點頭，然後跟學姊在社辦外，我說明了神話學報告還有做報告田野的方向，阿文學姐一開始只是聽，沉默了半晌，她露出佩服的笑容：

「嗯！我覺得你的方向還蠻特別的，而且沒有離題，現在就是田野調查的方式還沒決定對吧？」

「是啊，我想要一點建議。」

「其實我有好主意，看你願不願意。」阿文的表情有點像在打量，不含奸巧的成份，可是有一種明顯的意圖性在。

「嗯？」

「關於夸父追逐的主題，要不要試著跟難容社辦的專題講座來結合，如果順利還能讓你訪問到演講者喔。」

原來如此。

其實真的是個好主意，在政治理念上做追求的人們，某部分的確很像石滔學長給我的理論中的具有「夸父精神」的人，將這個部分和民俗、神話學做一個連結，應該能變成可以看的報告了。石滔學長或許知道事情會這樣發展了，回過頭再問他吧！

「好啊！那我就朝這方面發展。」

「嗯！有幫到你就好，可是我自己手邊的事情很多，頂多就是幫你安排採訪而已，報告跟田野的東西你要自己準備、或另外找個幫手。」學姊點點頭說道。

對，幫手，等等還要去找另一位呢。

＊

事情敲定後，明天要帶著我找到的小夥伴去難容社的社辦報到，先去了解活動什麼的。沒意外我應該會幫忙一些雜事什麼的，畢竟我不算正式報名去聽講座的，應該會以志工的身分去。

感覺一切會逐漸順利起來，至少目前為止除了昨天在學生選委會辦公室的事件外，並沒有其他阻礙。

石滔學長表示並不用特地跟選委會的人說箱子的事，原因很簡單：

「哲凱不是笨蛋，這點事情他一個晚上就想通了，事後一定會朝著原本放投票箱的地方進行追查。」

他這樣跟我說，而在他們查出什麼之前不宜妄動，案情都還是曖昧不明的狀態，尤其這不是單獨一個事件。

我離開社辦區，走向綜合大樓的社團擺台區，要去找那個學長本來就打算介紹我認識的人。

事後想來，他們兩人根本已經講好了，那天沒有完成的塔羅占卜就是諸葛和石滔學長兩人講好要接觸我的一部分計畫啊！

等等我見到諸葛一定要好好唸一番。

當我模擬著我要碎唸對方的場景，又有個大聲公的聲音從遠處傳了過來，打斷我原本的思考。

「請各位同學多多支持，二號林恆平！」

在校舍和操場之間，一個不會阻礙其他人行走通過，但又足夠顯眼的角落，那人穿著印有名字和號碼的背心在拿大聲公揮手宣傳，在旁則有人幫忙舉著大字報。

看不清楚五官，但他應該是這次有登記參選學生議員的政治系學生，林恆平。

「哇靠，現在連學生議員都要搞這套啊？穿背心輸出大字報然後站路口揮手，有夠拚欸。」

「說不定是他黨內前輩教他的，我比較好奇他哪來的經費。」

旁邊幾個路人學生開始笑談，關於他們的談話內容我知道一二，林恆平據傳有現在國會在野黨，也就是中國國民黨的黨籍，是那種有繳年費、有黨證的正宗黨員。

以前從來沒有學生議員參選人會這麼做，對，就是自己製作選舉背心、大字報然後站在校園路口揮手拉票。

「欸你有聽說嗎？選委會昨天遭到不明人士突襲。」

「有啊，校安中心好像開始查了，選委會也有發布聲明。」

兩個路人又開談論八卦，是我昨天遇到的那起事件。

「到底是誰啊，那麼無聊，不是聽說是針對那個林恆平來的嗎？」

「對啊，有部分學生會長、議員的選票被燒毀、投票箱遺失了，還有什麼『火男』的事情傳出來。」

「啥啊？怎麼會有什麼『火男』？」

「被攻擊的志工說有全身發光像著火一樣的男子，還有人傳說是什麼不滿國民黨的怨靈，要林恆平退選。」

「太扯了啦！這是惡意攻擊的手段欸！」

「不過那個林恆平自己爭議很多啦，我也不相信他會選上。」

我邊聽著路人的談論，邊感覺很奇妙。

大排場的選舉宣傳、加上針對性的攻擊、校園傳說，不論如何，林恆平這傢伙肯定會是我們校史第一人，一個可以名留青史的候選人呢！

「真不簡單，不是嗎？」

我聽見熟悉的聲音從我的下方傳來，我將視線往下移，果然是坐在塔羅社攤位上的諸葛。

原來我不知不覺已經走到他攤位前了。

塔羅師穿著那一身黑色長袍，身前的桌子同樣擺著上次看到的那塊五角星絨布墊。這次他已經擺好了牌，可是他這次前方坐著別人，他只是分心來跟我說話而已。

「你幫人算牌還跟我說話，這樣沒問題嗎？」

「沒事，我已經解牌解一半了。」他說，然後轉回頭看著找他算牌的人。

「所以，我要繼續了喔。」

「呃……嗯。」正在占卜的人看起來相當緊張，讓我不禁好奇諸葛剛剛前半段說了什麼。

「從顯示你以前過去感情的牌相看來，你是一個對於感情放不開的人，也因為受過劈腿的傷害，所以又更加不敢放手去談感情了。但是顯示現在和近未來的牌看來，卻是有一點感情上轉機的喔。」

「嗯？真的嗎？」

諸葛用手指了兩張牌給對方看，那是一張正位顯示的〈死神〉牌與一張逆位顯示的〈寶劍四〉牌，我順便瞥了一眼，在那之後兩張牌是正位〈聖杯十〉、正位〈世界〉

「你看這張〈死神〉牌，代表的是新生，在感情上有結束舊有的感情而開始新關係的意義；再來是逆位的〈寶劍四〉，這張牌原本正位的意義是惡夢的意象，但到了逆位之後，反而是代表當事人可以走出陰霾，並且要從傷痛恢復了。」

諸葛的表情和我第一次見到時不同，沒有那麼戲謔，但與其說像是一個有模有樣的占卜者，更像是某種心理輔導者。

「真、真的嗎？所以我能再遇到新對象？」對方有些欣喜又緊張，可能還半信半疑。

「可能，但是你要記得，過去和未來是相互牽連的，你在過去受的傷一定會影響你，所以才會出現〈寶劍四〉的逆位，你可能沒辦法完全走出你的陰影，不過至少你起身了，從惡夢之床走了出來，才會有可能像這張〈死神〉牌一樣重獲新生。也才有可能到達下一個階段，也就是在比較遠未來的這兩張牌：

正位〈聖杯十〉和正位〈世界〉，它們在感情都是代表達成了一個圓滿狀態、修成正果的牌，但這樣的正果並不是毫無努力就能達到，人會走過酸甜苦辣、感情會經過考驗。而我身為占卜者會給的建議是現在專心療傷，等待對的人出現了，說不定傷還沒養好，但至少不會不能行動。」

我在旁聽著諸葛的話，像是某種魔咒一樣，他能言善道，說得很有道理。而可能遭受過情傷的當事人默默點頭。

隨後那個人道了聲謝謝後離開，但我明顯感覺到離開的那名當事人好像和剛剛不太一樣。

*

「你好像很厲害。」我說，但總覺得有些既視感。

對，就是既視感。

「怎麼樣？換你要讓我算了嗎？」諸葛帶著笑容，卻又讓我感覺他的眼裡有奸詐的意味。

「難怪我覺得很眼熟，你這超像神棍的啊！」我笑出來，剛剛那一整串占卜內容就像是宗教勸人為善的教義一樣。

「噗！沒禮貌，我可是正宗的業餘占卜祈禱師喔！」對方沒有生氣，但是也反駁了我。

我順勢坐在剛剛委託者的位置上，反正這時段會經過這一區的人也不多。

「你剛剛不是以蠻籠統而且教條式的話術讓對方相信嗎？我就不相信他真的會遇到新的對象。」

「難怪石滔說你悟性不高欸，我剛才並不是單純進行塔羅占卜，而是順勢給有情傷的當事人一個『祈禱祝福』的動作喔！」

我聽不懂，又是占卜又是祈禱祝福的，感覺這都是玄學和神棍在幹的。

「我知道你聽不懂，這樣說吧，占卜術、祈禱術並不是什麼超乎常理的存在，你應該了解吧？我只是利用了一些心理機制而已。」

「心理機制？」我皺眉。

「沒錯，我實施占卜的原理是先算準對方的過去、再給予對方未來的方向，依照牌意給出合理的過去描述，然後依照後來塔羅牌的未來牌意給對方可能遇到的未來方向。」

「所以占卜，不是直接預言未來會發生什麼事嗎？」我問，對方瞇著眼睛笑，跟剛才占卜的樣子判若兩人。

「占卜啊，從來不是要用來預測未來的，而是要給予建議的。我自學的占卜方式，是先測出當事人過往的狀態，當我說準了，對方會相信我的占卜是準確的。」

「然後你就給出未來的方向，對方會因為相信而真的往你所說的方向走。」

「賓果！這是一種心理暗示的機制，也是我說的『祈禱祝福』。」

我佩服，沒想到眼前的矮子有這種能力，可是這不就還是神棍的技巧嗎？

「你這樣沒有出過事情嗎？例如不準確然後對方變更慘之類的。」

我問，而對方想了半晌。

「有這危險。所以我要特別小心，這種占卜只能用在一些有小心傷、和沒有傷只有迷惘的人身上，是指點迷津、像是人生羅盤一樣的東西。如果濫用了很容易造成危難。」

諸葛說道這塊的表情明顯嚴肅不少，我還是有些疑問想問：

「那麼直接給出未來可能方向的那種占卜，不就是給出預言的占卜嗎？照你說那應該就不是占卜了吧？」

「不對，」諸葛也是搖頭，低聲地反駁，不過他的樣子比石滔學長還嚴肅的多，「那種占卜的運作方式，是另一種系統的。不過原理相同，是讓人先相信，再往占卜師指引的方向前進。」

我不解，說實在我並不完全了解那些占卜在幹什麼。

「我不太知道，其他的占卜的樣貌……或者說，我沒接觸過其他形式的占卜。」我老實說。

「啥？那你剛剛再質疑個屁啊？」諸葛不敢置信地翻了白眼，然後恢復他有點小瞧人的表情，「沒差，我就示範一次給你看。」

他開始從自己的包包拿出什麼，而我還一臉懵懂，他要幹嘛？

「我示範一次，另一個占卜方式，你隨便提個問題。」

「呃，好。」我想了想，「我想知道我的報告過程會不會順利。」這大概就是我現在最關心的了。

「可以。」他應聲，隨後閉上眼睛，手上搖了幾下——

有三枚古銅板掉在五角星的絨布墊上。

接著諸葛就在一張紙上畫下幾道線。

什麼意思？

這個動作持續了六次，那幾條線變成我曾經看過的東西，身為中文系的我很熟，是周易的卦象。期間我感覺到這個男人身上同樣散發那種獨特的氣場，原來不只是塔羅，連周易的占卜他都能釋發這種氣勢。

那般凝重嚴肅的氣氛要直到諸葛說出第一句話才可以破除，我頓時又感覺到一道無形的牆阻隔住外界，心跳變的諾大——

「好了，有結果了。」

「什麼？」他只是丟了六次硬幣，然後在紙上畫卦象，這樣就有結果了？

等等，這樣的感覺，是自然產生的嗎？

有什麼很相似，他做了什麼？

突然之間我理解了這個人占卜的原理，從剛才我感覺到的那種氣場，我就能明白了，為什麼不提及過去和現下狀況的占卜也有同樣效果。

「我也明白了，在開始之前，我能先說說看嗎？」我問，諸葛露出吃驚但驚喜的表情。

「哦？你說說看吧，說錯我會笑你，說對請你吃冰。」

把我當小孩嗎？我整理了一下思緒，試著組織成語言：

「你說沒有先顯示過去和現在的占卜方式，也能透過類似的原理讓當事人相信，且往一個指定的方向走。但你又說你的方式則是靠著先展示過去或現在的準確度，接著指出一個未來方向並且指引當事人的走向。這兩者看起來是不衝突的，可是其實你互相矛盾，沒跟我說實情對吧，因為你也說了『占卜沒有超出常理』這樣的論述。」

諸葛的表情變化微妙，嘴角逐漸勾起。我停頓一下，繼續說：

「可是如果你能靠占卜來測定對象的過去或現在狀態，無緣無故的就能了解對方，那也就是一種超出常理的方式了。」

「所以你要說我是有其常理，可是沒有告訴你常理正確的地方嗎？」他詰問道。

「對，你知道對方的過去和現在，並不是完全靠占卜道具……占卜的當事人並不是因為你說出『真』而相信你，是因為更前面的順序，他們相信你而透漏的資訊，讓你推理出『真』的樣子。」

「他們要怎麼相信我？」諸葛笑著回問。

「形式，你在進行占卜好比進行著某種儀式，有特定服裝、特定道具，這些墊子、你的黑長袍、那三枚古硬幣，都是讓當事人相信你、並且被你引入『結界』的道具。」

這回他沒有應我，露出佩服的愉快笑容。

「你慎重的形式、服裝、道具，都是儀式的一部分，而我猜你在占卜的過程，如剛才的那位情傷當事人，你應該也在展現出牌意後隨口問了對方『過去的事還在意嗎？』這樣的問題，對吧？」

「很好，然後呢？」他在等我下結論。

「占卜不是用來預言的工具，你確實沒有。你展現了占卜儀式的形式給當事人，而對方的心理機制會因為儀式而陷入你營造的氛圍裡面。接著你引出關於對方的一些蛛絲馬跡，推理出來接近完整的資訊，至此當事人已經完全信服於你了。再接著……」

「指引迷途者方向，是我身為占卜者的工作。」諸葛口吻輕鬆，我應該是講對了。而他並沒有像是被戳破手腳的魔術師那樣，他一點也不驚慌。

「那麼，你要用易卦指引我什麼？」我筆直地看著眼前的占卜師，即使知道他運作的原理，我似乎仍然逃不出去，逃不出他那個專屬於占卜者的氣場——

諸葛，緩慢地開口：

「你應該要找一個報告夥伴吧？」半晌，諸葛先開了口。

「石滔學長說的，對吧。」不用問也知道一定是。

「不重要，我可以幫你的報告，不過你也要幫我去跑一些委託。」

「什麼？」我疑惑，丟出大大的問號給他，什麼委託？

「我最近會有一個比較麻煩的委託，需要占卜之外也需要做祈禱儀式，我也需要助手，我們可以互相幫忙。」他說，然後將他畫好的那個周易占卜卦象遞給我。

上面是六條線，這些線叫做爻，是組成一個卦象的基本單位，而這個卦象旁寫著「雷、風，恆」。

「這是恆卦，你要持之以恆，你即將面對紛亂的局面，要明哲保身，只有堅守原初的信念和立場，不可以輕易放棄信念，否則事將不成。」

諸葛如此之說，他的眼神是一團謎，而我還是不明白，為什麼石滔學長認為這個諸葛會適合成為我的搭檔。

我一時語塞，他這個占卜的結果我不知道能否套用我剛才的理論……我不知道，我剛才的推理有漏洞嗎？還是這個男人真的有奇特神準的占卜能力？

我看著那張卦象畫，再看看對方的眼神，一種不安定的感覺油然而生。

第五章　時間不是原諒的理由

選委會辦公室的事件發生後兩日，下屆會長候選人李哲凱，拖著深重的黑眼圈幫忙處理著重新印製選票的事宜。

「嗨，哲凱。」

帶著笑容的大男孩走來，像極了一隻高興的柯基犬，可是哲凱知道這個人絕對不是柯基，他覺得，石滔這個人比較像是愛笑的冰原狼。

「怎麼了石滔，你是要來幫我抓火男嗎？」李哲凱隨口說句。

「我可不覺得這主意恰當呢。那個看起來不好抓，而且都已經引起風波了。」石滔意有所指。

「你是說昨晚校版上的貼文吧？那些東西不知道是誰做的，真是晦氣。而且你好像已經知道是誰了一樣，呵……忙死了還出這包。」他翻了白眼繼續整理手頭上的東西。

他們二人本來就是舊識，最早可以溯及小學就已經認識彼此，而李哲凱面對石滔總有那種想要求勝的慾望，這也一直持續到大學。

「至少不必重做投票箱，可以這樣想吧？哈哈，別板著臉啦！」石滔伸手捏了捏哲凱的頰，讓他做出奇怪的表情。

「當然，想想就知道，那個箱子遲早會出現。」

就算沒有石滔聰明，李哲凱憑自己也是推理得出來：

「一開始就沒有人把投票箱拿進那個辦公室，可是在原本放置投票箱的地點也找不出是誰取走。但是可以斷定，投票箱一定會在投票開始前出現。」

「你跟我想的果然一樣呢！哲凱。」石滔爽朗一笑，哲凱瞪了對方一眼，後者知道自己還是晚對方一步想到。他對此感到不甘心。

但他還是能搶在對方先下結論，不服輸的男人、下一屆會長的候選人，或者註定會當選的學生會長口吻肯定道：

「取走箱子的人跟扮成火男的人動機不一樣，一個要破壞、一個要保護。」

＊

隔天我和諸葛都沒什麼課，於是打算一起到了歷史難容社的社辦去找阿文學姐。

昨天我和諸葛談完後，校園內就有讓人意想不到的後續發生，就在昨晚，我們學校的社群社團，俗稱校版，有人貼出了幾則貼文，大致上就跟「火男」的傳說有相關。

有人在學生宿舍附近貼上用血紅色墨水寫的大海報，內容是：

「林恆平為殺人政黨代言，意圖破壞學生民主，火男將會降下詛咒。」

貼文者是選委會的工作人員，有人刻意以假帳號傳那些照片過去，他們將鮮紅字樣的照片貼出來，並且發聲明譴責之外，也說一些保證不會讓選舉被有心人刻意破壞之類的話。

而諸葛也在談論，看起來他對「火男」這件事情相當關注。

「所以你覺得火男存在嗎？」我問。

「嗯……」他頓想了半晌，「與其問他存不存在，不如去想該怎麼讓它存在或讓它不存在。」諸葛這樣說，而我只覺得這句話似曾相識。

「什麼意思？」對，我還是問了。

「明明石滔跟你討論過了，怎麼還會問這問題啊？」對，它也一臉鄙視地先嫌棄我一番。

不過他看起來還是會講解給我聽的，這兩天對諸葛這個人的認識，雖然是個有點自大、讓人摸不著頭緒的人，可是有問題向他請教的話，多半都會得到解答。

只是他會先嘲笑或數落你一遍。

「簡單說呢，如果太多人相信了火男存在，火男的具體形象就會成形，到時候就算我們不想，他也會存在的。」諸葛的眼神直豎地盯著前方，那表情有點像是他在占卜的表情。

「存在於，人心嗎？」

「對啊，不過詳情如果你還想問的話，之後還有機會再聊的，先把眼前的事情處理好吧。」

「什麼啊？」我聽不懂，只見這比我矮小的男生搖頭聳肩。

我看了看四周，我們已經走到難容社的社辦了。

「到了，所以要先把我報告的事先處理完吧。」我原本以為他是這個意思，一說完諸葛又翻了個白眼，指了指社辦裡頭。

我跟隨他的指示上前，其實不用多靠近，就聽見了巨大的爭吵聲：

「你們這是撕裂社會！」

那嗓音好耳熟，還有物品被摔落在地的聲響，聽出來蠻多聲音都在裡頭。

「嘴裡喊著撕裂社會，可是來挑釁的是你們欸！再不離開，我們就通報教官說你們擅自來搞破壞，證據都錄下來了。」

「妳以為妳很會拍是嗎？你們就是一群搞分裂又不務正業的黨工學生！整天在校版上帶風向，還搞出什麼火男來汙衊不同黨派的學生議員候選人，這就是你們口中的民主嗎？」

「你這是空口抹黑，是在說火男的事情是我們的人搞出來的嗎？請不要說沒有證據的話。大仁，直接報警，跟他們說有人來破壞社團辦公室。」

「好。」

我聽見阿文學姐跟社員賴灼仁的聲音，然後我認出了另一個人的聲音，伴隨著叫囂的應該是黃奔陽等人，可是他們怎麼會過來？

「居然又遇到了。」諸葛明顯地不悅。

想起上次在塔羅攤位前的事情，我也可以體會他不悅的點在哪裡。

「感覺有點不妙，我們進去看看吧。」我說。

「沒想到阿嶼也是喜歡湊熱鬧的類型啊，哈哈——」

「不要調侃我，去看怎麼阻止啦。」

我拉著諸葛衝進去社辦，裡面兩方人馬正在對峙，我們兩個闖到兩方中間的氣勢造成一股不小的尷尬。

只見阿文學姐和賴灼仁等難容社成員和黃奔陽等復興社成員在社辦內，維持著剛才僵持的姿勢，兩方十幾人在我們出現時彷彿定格了一般。

「你們也是這些叛國份子的人嗎？現在是仗著人多欺負我們這些愛國者囉？」黃奔陽滿臉怒容，可是我實在看不出他是被欺負的人，明明都是他大聲吼叫。

「我可不覺得你是被欺負的欸，闖進別人社辦摔東西本來就不對。」率先開口的是諸葛，照理說比我還不爽的矮小男子臉上居然沒有一絲不悅了，反而是一種陰冷的笑容。

這不是更可怕了嗎！

「你！」對方一秒就暴怒了，沒想到這傢伙這麼好激怒。

「我想你應該是看到昨晚的那個貼文吧？呵……我想要是真有火男，他們一定也會附身在你們身上。」見到對方語塞，諸葛追擊著，口吻中的陰冷蔓延在室內的氣氛。

聞言，黃奔陽居然退縮了。

為什麼？剛才諸葛有說什麼足以威脅到他的話嗎？還是說黃奔陽真的相信了火男的傳言？

「你、你是那個塔羅社的吧！我看過你，故弄玄虛，我知道了！」黃奔陽在頓了半晌後又踏步向前，這次針對著諸葛：

「就是你在搞鬼對吧！你們這些玩弄玄學的人都喜歡這樣嗎？什麼火男、什麼轉型正義，那些人都死了，還整天拿來炒作、情緒綁架大眾，要不要臉啊？」

諸葛不為所動地冷笑，霎時這個社辦內的氣氛變得更加膠著，空氣黏滯地無法呼吸。又是這種感覺，我想在這個空間內的所有人都感覺到了，是一種被漩渦捲進無法逃脫的窒息感。

「所謂的玄學啊，是中國魏晉時期的一個思想方式，除了諸多的著作之外、也有許多流派，其中《周易》、老莊等著作成了主要的思想來源。玄學崇尚者的具體思想、還有代表人物什麼的，解釋給你聽要花太多時間。總而言之，看起來你對文化沒有見識、對真正的神祕知識也不了解，居然還好意思把玄學二字掛在嘴邊。而且——」

諸葛的神情和他占卜的時候相同，只是這次更加地陰冷、甚至更透明、更虛無：「……你真的認為死去的人、過去的事都會什麼也不剩嗎？」

兩手一攤，他只是淡然地說一句：

「當你說出這句話的時候，那個火男就已經盯上你們了喔。」

膠著的氣氛像是爆炸了，我看見那群跟著黃奔陽的人，他們的眼裡有無聲地哀嚎，諸葛的話像是引信，讓他們人格構成的某些基礎產生塌陷。

「你少拿那些死人來嚇我們！人也不是我們害死的！」

誰？誰死了？黃奔陽大喊，可是內容聽來毫無邏輯，我也沒有頭緒。然後，開口的已經不是諸葛，是阿文學姐：

「但你知道你們支持的那一方，就是殺死他們的人嗎？」

「他是自殺！妳們這些獨派連這個都忘了嗎？哈哈哈哈——」

黃奔陽狂妄地大笑，嘲笑著對應他的阿文學姐，後者的表情很鎮定，已然沒有惱怒的痕跡。

「當一群警察逼在門口，要將你抓去、奪去自由、奪去發話的權力時，以自由為信仰的人，可能只有殉道一途可選。或許你不會理解吧，可是我必須在這裡告訴你：我們難容社的活動從來不是鬥爭誰，我們總是在討論著要原諒誰。」

「原諒？笑死人了！既然說要原諒，幹嘛每年都要重提！」

面對不理性的咆哮或訕笑，阿文學姐一步步向前走，直到離黃奔陽只有一個人的距離。字句清晰地向對方說：

「原諒，是讓所有事情都過去以後才有人有能力去做的；原諒，並不是什麼都忘掉，而是要記得誰受了傷、記得誰造成了傷，警惕所有人都不要受傷、也不要製造傷害，這樣的原諒才有意義。」

沉默過了半晌，凝重的氣氛自然地散去，復興社的人都沉下了臉，可能是百口莫辯，可能是開始發覺有其他人聚集到門口來。

「我們走，跟這些人沒什麼好說的。」或許是因為氣勢不再，黃奔陽開口，一群人有些眼神失去聚焦，可是也聽得懂話，他們便這樣揚長而去。
難容社的其他成員大多沒有再盯著那些來鬧場的人，開始整理起剛才弄亂的物品。包括阿文學姐也先叫我們先在旁等待一會，賴灼仁拉了張椅子讓我們坐，我注意到那位大仁哥的表情還是充斥不滿，這是其他社員沒有見到的。
「真是麻煩，我差點就能用我的方式教訓他們了。」諸葛不滿的口吻在我耳邊，我是很想問他剛剛是怎麼回是。
「差點？」
「是啊，阿文學姐幫他們解了套，真是善良呢……」
我皺眉，看著諸葛的表情，他雖然口氣不開心，可是表情卻像是哭笑不得的樣子。
「我只覺得阿文學姐說話時，將諸葛製造出的詭異氛圍給驅散了。是什麼佛光四射驅散邪惡的感覺？」我老實說。
「什麼邪惡啊！你說我邪惡？」諸葛面露凶光，還真意外地可怕。
「啊就真的很像嘛！你這妖道——唔、好痛！矮子你幹嘛打人啦！」左臂遭到一個拍掌重擊，行兇的人當然是我旁邊的矮子諸葛。
「渡化你的業障啦！不是說我是妖道嗎？哼！」
「哪有人這樣渡化人的啦……」

*

我們和學姊進行討論，大概兩個小時左右的時間，中間有些被中斷，分別是學生會的人聽到消息來關心、還有校安中心來這邊問了剛才的狀況。

總之沒有太多的東西被破壞，據說我們到的時候黃奔陽等人也才剛去叫囂。事情大概就是昨晚校版的貼文，那些關於火男的消息，被那些復興社的成員認為是難容社的成員在搞鬼。

我也問了學姐，他們在說的死亡的人是什麼事。

「什麼？原來你聽不懂啊？鄭南榕你不知道?!」當下諸葛用看白癡的眼神看我。

鄭南榕？我聽過這個人，是推動台灣獨立的政治人物，他的政治主張不被當時的國民黨政府當局接受，甚至發行的雜誌被多次查禁，最後被下令拘捕。而他在雜誌社自囚多日後，警方帶著大批人要去雜誌社上門抓人，他在自己的雜誌社辦公室引火自焚。

我立刻連結到他們剛才的對話內容，原來是在說這件事啊。

「你幹嘛這反應，我知道啦！」

「他們覺得我們難容社，刻意以台灣獨立推動者鄭南榕的自焚事件製造火男形象，造成對立。可是事實上我們當然不會這樣做，他們的依據就是我們社團的名稱『難容』是取自鄭南榕先生的名字諧音。」

學姊在說明時語帶低落，我想她除了憤怒之外，悲哀的情緒肯定更多吧。

「所以我才會用剛剛那種方式，告訴他們自己已經被火男盯上，他們差點就要陷入我的詛咒之中了呢。」諸葛搖頭，語氣無奈，瞇著的眼睛看不見在聚焦何方。

「詛咒？」我朝諸葛拋出疑問。

「是啊，剛才那是一種詛咒，他們會受到話語中暗示的影響，開始日夜產生火男在跟著自己的感覺。即使不相信，也能產稱罪疚感的效果，這是詛咒的方式。可是呢……」他攤開兩手，然後轉向阿文學姐。

「我有感覺到你想製造的氣氛，但我想那種方式對事情沒有幫助，讓人無盡感到罪疚也不是我們社團的初衷。」阿文學姐笑著說，她的眼神很溫和。

原因大概不必說，剛才學姊有說過了，他們想要的是原諒。

「我有不對，沒考慮到學姐你們的心情，只是他們真的讓人很不爽。」諸葛笑了笑，歉意確實是有的。

但我覺得這傢伙下次會幹一樣的事。

「不過學姊，你們覺得火男事件到底是誰？」我問，「如果火男的創造者真的是針對這次學生議員選舉的話，那麼那些人肯定也是想利用鄭南榕先生的事件。」

「不知道，我看也是這樣，不過我們社團的人，至少我是反對這種方式，延續恐懼或仇恨根本於事無補。」

火男針對的是林恆平，而且還出手破壞選委會的東西，這讓人相當頭痛，也難怪會有人把事情主因懷疑到難容社的人來了。

「因為政治而顯靈的火男傳說，這種東西在校園傳開了的話，或許會很難驅除了呢。」諸葛感嘆道，而他的話裡有弦外之音。

驅除？諸葛說的是他可以將火男驅除？

「諸葛你有接到類似的委託吧？我其實有聽塔羅社的人說過。」阿文學姐話鋒轉去他身上，諸葛聳了聳肩。

「是啊，我還在想要怎麼辦，又要幫阿嶼弄報告，所以我也要這位遲鈍天兵幫我的忙呢。」

遲鈍天兵？我？

「欸你什麼意思啦！」

「你就是遲鈍天兵啊，不承認喔？」

頓時我跟諸葛又開始拌起嘴，在旁的阿文學姐見我們鬥得熱絡，看起來是覺得有趣而笑了出來。

那時我並不知道，諸葛要我幫忙進行的，將會讓我們都牽連進更巨大的風波之中。

第六章　自由的人不會屈服恐懼

那是一個噤聲的時代，當有人想要說些什麼，接下來都不再有機會了。

那些感到備受囚禁的人、堅信著要追求自由的人、他們試圖向前追逐著要將信仰的價值給追回。

可是他們大部分都沒有成功，精神卻在每一次烈火焚滅後重獲新生，傳承、接力地向前——

「但是他們卻一點一點的帶著時代向前走。」

阿文學姊這樣說，我把一些重點的語句記在筆記本裡面，諸葛負責錄音，回去我們會再整理。

時隔兩天，這次和阿文學姐進行訪談並沒有發生黃奔陽等人來亂場之類的突發事件，明天是連假第一天，我們也算是順利的進行了對難容社的訪問。

「我們社團這次企劃要做快閃短劇，模擬官兵進入校園捕抓學生的情境。」學姊說道，我們看到眾人準備了一些攝影器材還有服裝道具，看起來會是很逼真的快閃短劇。

「這方式還挺不錯的，地點決定好了嗎？」諸葛問。

「應該是學生餐廳外的廣場，就在綜合大樓外的一樓。」

那是人潮聚集挺多的一個地點，要引起注意的話很適合。

「會不會出什麼意外啊？例如黃奔陽等人跑去鬧場之類的。」我皺緊眉頭，感覺其實學姐也有相同顧慮。

「我們其實有討論過了，但是因為這是突發快閃活動，估計除非他們早有準備好，否則要即時來亂場的機會不高。」

原來如此。

然後我們又在難容社和學姊聊了一些時事，包括這次的學生選舉、明年大選的情勢之類的。諸葛甚至被學姊拜託來看一下難容社快閃劇的演技，聽說諸葛以前蠻會演舞台劇之類的。

真讓人驚訝，這個矮子到底還有多少能力？

＊

明天是連假，我們兩個打算明天也來學校圖書館作報告了，會來學校是因為諸葛明天要來學校辦委託的事。

我到現在還不知道是什麼委託需要我幫忙。

「所以明天到底是什麼委託啊？」我問他。此時的我們坐在學生餐廳裡面，而電視牆上撥放著學生自製的新聞。

「有人要我來祈禱，希望這次的選舉不要再有其他事件發生之類的。」諸葛有點輕描淡寫的說完，然後低頭吃午餐。

「那怎麼會需要我幫忙？」

「因為是挺麻煩的儀式，我自己弄起來很累。」

「你應該不是需要什麼活人獻祭吧？」我半開玩笑地回，招來對方一個大白眼。

「喔？你是想當祭品嗎？那種的我可不是不會喔。」

回應的語調平淡到像是剎有其事，讓人不寒而慄，讓我不禁打了個冷顫。這是什麼諸葛式的威脅方法……太可怕了。

「欸，是那個國民黨的。」突然間他話鋒一轉，指著電視牆上撥放的學生新聞。

畫面中那個有國民黨籍的學生議員參選人，林恆平。一臉嚴肅認真的向著鏡頭受訪，身前堵了幾個麥克風，說話的速度不快不慢、有高低起伏，像極了平時政治新聞看見的那些議員、立委。

「真的是他，沒想到他連媒體都用上了。」

真心佩服他，這人簡直像是把社會中的選舉遊戲搬進校園玩，花招真的很多，而通常這樣的人都會當選。

原先我和諸葛抱持著調侃的心態在看林恆平的報導，沒想到這則報導的內容超出我們預期。

「等一下，這個新聞……」

「不是吧！」

「本校此屆學生議員參選人，政治系的林恆平，爆出了自己近日收到恐嚇信騷擾，信件內容與前幾日校板貼出的『火男』事件貼文相互吻合。也預告了會有人要刻意破壞林恆平候選人的參選，起因是林恆平本身有政黨背景，學生當中雖也有人認為林恆平的政黨背景具有爭議，但也多數人認為不該以暴力或恐嚇的方式干擾參政權。」

學生記者的口條還算清楚，畫面中貼出了那些在校版上的照片，還有林恆平在學校各處穿選舉背心揮手的影片。然後最後還有林恆平受訪的談話：

林恆平的鼻樑上掛著眼鏡，看起來很老實的男生，受訪的他穿著印有自己名字和號碼的選舉背心，眼目嚴肅地說道：

「我們應該尊重每一個公民都有自己表達政治訴求和意見的權利，而且我們不該去以暴力、恐嚇、違法行為去打擾那些意見立場不同的人。而我今天選擇站出來公布這封恐嚇信，是因為我知道，我們不能向恐懼屈服，如果我因為害怕而噤聲，就會讓我堅信的民主價值受到傷害。」

他說的振振有辭，聽起來就像是一個自由派的政黨人誤會說的話。可是由他說來又極有諷刺感。

「他說的大體沒錯，口條也蠻好的。」諸葛大致點頭同意，隨後馬上冷笑：「他自己參加的國民黨就是最常使用這種手段的呢。」

「動用黑道和暗中恐嚇黨外的人，這些手段都是解嚴前常被用的手段，甚至還有選舉當天投票所被關燈、有人趁機換票箱的骯髒手法。」

他搖搖頭把視線別開，打開手機裡面的照片遞到我面前。

「你看，這是火男事件的事發現場，現在還沒有人去收。」

諸葛遞過來的照片就是校版上那幾張，但是有一張是我們先前沒有看過的：

「這是？」

畫面是在紅字大布條的旁邊，有一個人形的發光物體，像是火焰的光芒看起來很清楚地成為一個人類的輪廓、看更細意點能看出是一個成年男性。

「這是後來有人要拍照時拍到的，也是我的委託人拍到傳給我的，除此之外也有好幾個不同的目擊者拍到類似的東西，他們都說看到一個全身著火的男人出現在現場。」

「火男。」照片不像是合成的，而且又有許多人目擊，也就是真的存在嗎？

「你剛剛是不是在想火男真的存在？」

諸葛的問題讓我我抬起頭看他，現在他是會讀心術嗎！

「呃……對。」不知道為什麼我感到心虛。

然後眼前的矮子占卜師緊蹙著眉頭，應該都能把蒼蠅夾死的那種緊度，看上去是感到棘手的表情，嘴裡咕噥著些什麼：

「不快點處理不行了……」

「啊？什麼？」

「連你都開始思考火男是否存在的話，就表示火男這個校園傳說已經成形了，會有人開始相信。」

「相信了又會怎麼樣？」

我的問題對諸葛來說好像是在問九九乘法，導致他又翻了我一個大白眼。

「恐懼如果主宰人心，往往會造成滾雪球的效應。」

「呃……什麼樣的效應啊？」

「你就是沒辦法舉一反三對吧？」諸葛嘆了口氣，繼續試圖解釋：

「好，恐懼這種東西基本上沒有形體對吧？但是我們可以從歷史的文本和事件知道，『恐懼』如果成為一個有形象的物件的話，就會擁有強大的力量。

你應該有看過，類似鄉間傳說的故事吧？例如人們因為害怕飢荒，而會舉行獻祭儀式來祭天，極端一點的會以活人來進行祭祀，這樣的習俗在世界各地的文明都略有所聞。但以活人祭祀的開頭是什麼呢？是那些被恐懼的物件嗎？可是那些被恐懼的物件不會說話，不會指使人類去做什麼祭祀，你覺得呢？阿嶼，是什麼在指使人類獻祭活人？」

我吞了吞口水，左思右想，答案始終只有……

「是在恐懼中的人類。」

「沒錯，當人群被恐懼宰制，就會主動去尋求平息恐懼的方法。這時就會有一名或多名主動者，或稱作『祭司』、『靈媒』的存在出現，這些人物的出現，也就聚集了一整個聚落或是人類群體的恐懼在他們自身。然而恐懼這種東西，可以比喻成煙霧一樣，他能聚集到某一個特定的位置，但是周遭的人仍然能感覺到那些恐懼。如果不解決掉的話，恐懼會將靈媒消耗殆盡，最終恐懼又會擴散開來，對人類的生存造成威脅。」

「恐懼的……寄生。所以靈媒作為恐懼的寄生體，必須去尋求解決之道。」我說，此時我開始更加理解諸葛要說什麼，就像是他的占卜一樣，靈媒與人群的關係就像是諸葛引導他的當事人那樣，只是前者規模更加的大。

而且，當規模如此浩大，就已經不是一個單純的算牌儀式或占卜儀式可以將恐懼等情緒消彌掉了。

因此——

「你懂了吧？靈媒最常使用的手法，就是將寄生的恐懼加諸在某一個特定對象上，然後將其當作祭品獻給某個眾人依託的概念，很快地眾人會消除恐懼。

「轉化為『將這個人當祭品之後，飢荒就可以解決了』，這種名喚為『希望』表象概念，實際上將他人犧牲以求自己安好的形式已經是某種扭曲的道德了。而這種會轉化成希望的恐懼，寄身於眾人、個人、團體、靈媒，都有可能，已經可以視為一種不潔且傷害人的靈體，我會通稱那些叫做『寄生靈』。」

寄生靈。

感覺諸葛說出了一個微妙的辭彙，我聽得恍忽，有種鈍重悄然襲上。

「寄生靈一旦產生，就像是某種力量牽引著受制於恐懼的人，他們會做出不屬於該團體就無法理解的行為。最終，一切的結束，會在某種實體消逝以後，人們才能夠暫時從寄生靈中解脫。」

當過度龐大的恐懼在人群中產生，變成無法驅除的存在後，就會成為某種精神上的實體，也就是會依附在人們的心靈上，寄生靈。

而寄生靈騷亂人心的終點，即是出現「祭品」，也就是有什麼實體，可能是物、或人類毀滅消失為止。

一股愕然的麻痺感直上背脊，回過神來才知道我的身體在發抖，而眼前的諸葛口吻冰冷，陳述著最後的事實：

「如果『火男』這個恐懼澈底根深，有機會演變成需要出現祭品犧牲者的『寄生靈』。」

*

時間推至傍晚，我渾渾噩噩地上完今天最後一堂課，也釋放連假前的最後一堂必修，今晚可以先整理我的報告資料，運氣好的話我還能打電動什麼的。

至於諸葛呢？他已經先行回家，他的課表和我不同，基本上他今天沒有課，是因為社團所以來學校的。要找諸葛也挺容易，他就住在學校附近的租屋處而已。

走出教學大樓，下課的學生不斷從校舍內竄出來，因為連假返家的緣故，有些人手上還提著行李。

校內有公車站牌，就佇立在操場前。而在這個時間點，站牌前總是會匯集一大條的人龍，最長的紀錄是直接穿過教學大樓旁邊，超過百米的距離。

不幸地，我是這些人龍的一員，這是最快到達我住處的一班車了，除非我能接受晚點到家，不然我也只有這個選擇，更別提上車後，還要像擠沙丁魚那樣在運著數十團人肉的公車上伴隨路途搖擺。

這兩週為了不讓報告開天窗，我是不得不早點回去的。

在排隊上公車的隊伍裡，人聲雜沓，滑著手機低頭的人、閒聊的人。

我想著寄生靈、想到火男，我現在所聽所聞都在日常與非日常的邊緣，一切好像都與我無關，反而是我主動去涉入其中。

環境的聲音越發模糊，包圍在人群中時很容易就聽不見外界的聲音了。

倏地有個開啟大聲公的雜音擊破模糊的人聲障蔽，從上空傳來的人聲緊接著傳來：

「各位你們好，我們是中華復興社，我是社長黃奔陽。」

人群抬頭，有些人伸出手指，方向是綜合大樓的屋頂，而黃奔陽就站在那，身邊好像還有其他的人，可是拿擴音設備在說話的人只有他。

「他怎麼上去的啊？」

「屋頂有入口上去嗎？」

議論紛紛的聲音在人群間渲染，相較原先的模糊雜亂，可能是因為讓聲音模糊的帳必備打破了，所以人們化成語言的問號就更加清晰。

「我們是推行兩岸和平統一以及支持民主自由中華文化的團體，我們要呼籲，校內的特定政治社團，不要去打壓特定候選人。現任執政的的支持者消費過去的歷史傷痛，製造『火男』的傳言，想要用恐懼的力量影響特定的學生議員參選人的參政權！

「我們復興社，支持自由民主的中華社會和言論自由，對於想用怪力亂神、以及消費歷史的行為予以譴責！

「近期校內將會有轉型正義相關活動，我們要合理懷疑，所有關於『火男』傳言的訊息，都是特定單位一手策畫，想要藉此炒作的！歷史要和解，不要再去追究過去的傷痛！也不能以恐懼的手端逼迫立場不同的人！

「現任執政黨背祖忘國，我們復興社將會採取必要手段，提倡罷免現任的政黨……」

接下來的內容又被模糊人聲給掩蓋，大多數的學生在聽了幾秒便轉頭，我則是盯著那個在屋頂的男人許久，他用擴音器大聲的疾呼。

可能不仔細的聽，就不會知道吧，我已經隱約的感覺到了。

名為火男的寄生靈，已經在校園間悄然孕育。

第七章　驅除不是第一個步驟

當我意識過來時，我不可能知道知道知道自己在作夢，但是我卻清楚地感覺到一切都是夢境，超現實與現實如此有區隔地分界。

眼前有光源，可能是太陽，我感覺到輻射出來的熱度。

我看見黃奔陽背光的影子。

不是那個在社辦或校舍走道與人喧囂叫鬧的那個男子，是一個更為平靜的人，也和在屋頂手拿擴音器說話的那個黃奔陽重疊。

夢境的場景從那個人的影子中拉開，漆黑的天際線像是被巨大的無形之手撕扯出整抹赭紅。

我看見他站在那，可是又聽見了哭啼的聲音，是一個年齡較小的男孩，他抽抽搭搭地，想讓人看見自己蹲在那個地方。

蹲在那裡？

他怎麼會蹲在那裡？

蹲在那個地方的人是黃奔陽。

當我決定去詢問而踏出了一步，發現自己正踩在地面乾涸的土地上，踏在地表的龜裂上，那條裂縫瞬間拉開了。

「啊！」

我試想脫離，可是身體即將從裂縫中落下——

在視線黑暗之前，我看見了，那個應該是黃奔陽的身影，朝著那個帶有巨大熱度的烈日開始奔跑。

＊

「呃……」

頭好痛，暈眩感在我睜開眼的同時就來了。

身上的汗衫已經濕透，冷氣明明開著啊，難道我夜裡盜汗嗎？

迷糊中抓了手機，時間是……

幹，我遲到了！

＊

一路用借來的機車狂飆，趕在今天和諸葛約時間點到達學校，其實我還晚了十分鐘左右。

「搞什麼啊你？」這矮子一臉囂張又嫌棄，不過我沒資格辯駁或不爽，是我遲到的不對。

「抱歉……我做惡夢睡過頭。」

「你熬夜了吧？所以說睡不好很正常。而且你的視力不是不太好嗎？為什麼可以騎車？」

沒想到會被問視力的事，我歪了頭回答：「其實就不是太大的問題，像是一個小缺角的東西，只要我能專心看前方，並且不要太晃的話都不會有問題。」

「太晃會怎樣？」

「我會暈。」我老實說。

諸葛的表情相當理所當然，也沒有多作解釋，可能是覺得解釋有沒有都無所謂吧。

「那麼我們今天要做什麼？」從頭到尾只知道是需要幫忙的我，連要去學校哪個地點、要用什麼方式幫忙都不曉得，眼前這個被委託的人還一副神祕兮兮的。

「偷偷告訴你，其實我也不確定。」

對方淡定地回答道，然後是將近十秒鐘的沉默。

等等，他剛剛在說什麼？

他媽的他剛剛說了三小？

「什麼啊——」

「對，我說我不知道，你不需要懷疑。」

什麼叫不需要懷疑啦！我今天冒著冷汗看到鬧鐘被嚇醒是為了什麼啊？這個瞬間我簡直想把諸葛給捏死，可是他的表情就是一副很清楚知道自己在幹嘛的樣子。

諸葛的身子蓋上一層建築物的影，像是被一片漆黑的薄網罩住了全身，從我的眼中看去，他像是融入了某種不確定性極高的黑色氣體當中。

「你說清楚，那我到底來這裡幹嘛？」

「我被委託來驅除火男，應該已經跟你說過了啊。」他回道，開始邁步向著校舍走。

「因為你說你不知道啊！你是指不知道要怎麼做才能驅除嗎？」

「當然不知道，怎麼可能會知道？」

聽他說的話，會讓人無法控制地生起氣，我現在明白這個江湖術士根本就是在騙人，從一開始所有理論都是胡謅出來，用來誆騙別人的！

「原來是這樣，你這該死的臭神棍！你現在是想要我幫你唬弄人嗎？開什麼玩笑啊！」大聲地朝諸葛吼去後，我直接轉身要跨上機車離開。

不敢相信我居然浪費了這麼多時間，還不如自己去做報告比較實在，石滔學長怎麼會介紹這種傢伙給我？

就在我的機車發動，諸葛的聲音彷彿是能穿透雜音的箭，清晰地擊中我的耳膜。

「聽我說完。」

事到如今還要說什……

磅！

一隻熟悉的手掌用不大不小的力道拍擊機車頭燈，轉過頭，居然看見滿臉笑容的石滔學長，眨著那對玲瓏大眼直勾勾地向我望。

「學長！你怎麼來了？」

「聽諸葛說完嘛，阿嶼，我是他的委託人喔。」

學長瞇眼微笑，全世界笑容的弧度好像都在他臉上了，那是個超過限度的笑臉。

而我，才準備消化過度龐大的資訊量——

「你說你是啥？」

*

我們三人來到了選委會辦公室的門口，據說那幾名受傷的志工已經回來了，並且積極地幫忙，因為近來的事件造成一些人害怕而離開原本職務，所以選委會的狀況就是人手不足。

在進門前，學長交給諸葛一張紙片，上頭畫著某種幾何圖形，由圓圈和類似三叉戟或天線的圖案組成，呈現一個放射狀的型態。

好像是某種西方符咒，可是那並非諸葛或石滔畫的，而是在辦公室的外窗上撿到，輾轉到了石滔學長手上，他再交給諸葛。

在這樣的情況下，也有一些人聽積極地來當志工幫忙，所以即便今天是假日，也有不少他們的人在學校。

我們現在要去訪問的是第一個遭遇火男的同學。

「所以阿嶼，你有聽懂諸葛要跟你說的意思了嗎？」學長笑盈盈地問，我驀然地點頭。

「所謂的驅除，一定要知道對象是什麼才可以做到。所以我們必須先找出火男究竟是『什麼』、為何產生、誰先讓祂產生的。這樣對吧？」我把剛才諸葛解釋了一大長串的話重新詮釋了一次。

「沒錯，」諸葛慵懶地說，並且聳聳肩，「就像是你知道家中有害蟲偷吃食物，可是如果不知道確切是什麼樣的害蟲，蟑螂、螞蟻、老鼠都有可能。不對症下藥的話就無法順利根除，所以必須從各種跡象判斷出家中有哪種害蟲。」

這也就是我們要做的事。

「那你一開始就要說清楚啊……」我埋怨幾句，想想我剛剛也發了太大的火了，諸葛這人說話本來就莫名其妙。

「誰知道你會突然爆炸啊，是你沒有耐心吧？」

「好了啦諸葛，別再欺負阿嶼了。」

閒聊結束，我們進入了選委會的會辦，投票箱整齊地放在一區，海報、志工背心、文書資料等都井然有序在該放置的地方，在這個空間有幾名選委會的成員在做事，而我們馬上看見了一名頭綁繃帶的女生。

我認識的成員如孟璇等人都不在場，可能基於上次的事件，這些人對於進到這裡的陌生人都頗有戒心。

「請問有什麼事嗎？」其中一人開口說道。

「欸，你快照我說的去說。」諸葛用肘側推我，但我發現自己有些小緊張，因此有些結巴地不知道該說什麼。

「呃……我們是……那個。」

「欸，你們不是上次有來我們社團的嗎？」其中一人說話了，這時我才在社辦內認出來，是歷史難容社的賴灼仁。

「你是大仁哥嗎？你今天不用忙難容社的事嗎？」見到比較認識的人，莫名地就鬆了口氣的我，自然攀談起來。

「哈哈，我有請假啦，人家拜託我來幫忙的，畢竟上次的事情弄得一團亂，正缺人手。」

「真是辛苦了，也真虧你們可以把這裡重新打理好。」

「其實不會辛苦，就是因為那個事情，很多人都走的挺多就是了。」

其他選委會的人見我們有認識的人在，便沒多在意我們、各自回各自崗位做事。

「所以你們來不是找我的吧？是要邊弄你們的報告？」大仁哥問，而我也正好想說，於是順著他的話答道：

「對啊，而且聽說上次受傷的同學有回來，也想順便來看看。」

我說完便看見大仁哥的眼神閃過一絲笑意，可能是誤認為我單純想要聽八卦吧，不過看起來他並沒有不愉快，那是種懂聊八卦的人會出現的表情。他稍微將頭靠近，音量壓低：

「你看到的那兩個女生。」他偷偷地暗示他的正後方，我看見兩個女孩，一個有戴眼鏡，及肩的髮尾些許褐色的挑染；另一個女孩則頂著一頭深金色、只到耳後的捲髮，眼睛看起來小小的。她們手上和額頭都還有紗布或繃帶，兩個女孩抱著筆電，似乎是在想文宣，時不時的交頭接耳。

「就是她們？」

「對啊，可是她們回來後不太喜歡人家問。所以你也別去白目知道嗎？」

大仁哥很親切地告誡，當然他是說給我聽的，可是我知道身旁的諸葛其實也有聽見，大概是一次告訴兩人比較不麻煩。

「我明白了。」突然間諸葛起身，走向那兩名女孩，此舉讓我們都愣著了。

「等等啦……你明白了什——」我正要出手阻攔，卻被後方一個力道給攔住。

石滔學長拉著我，一臉「你放心啦」的神奇笑容。

只見那個還身穿著大袍的矮子，在大庭廣眾下走到兩個女孩面前，奇裝異服的諸葛自然吸引到了兩人好奇警戒參半的目光。

「那個……不好意思，需要什麼幫忙嗎？」戴眼鏡的女孩率先開口，而諸葛毫無違和地展開自我介紹：

「兩位好，我是塔羅社的諸葛，原本只是來找人做報告的，可是看到二位身上有一些異狀。」

兩個女孩的臉色瞬間變得不太爽，仍然是戴眼鏡的女孩開口：

「不好意思，如果你是想套我們的話，請就直接來說。這種方式很噁心。」

糟糕了糟糕了糟糕了啊啊啊啊！

場面瞬間凝結，她的聲音整個辦公室都聽得見，不少人努力低頭做自己的事，可是難免能感覺到不少目光投向諸葛身上。

「我說的話並不是想要套什麼而來的，而是妳們身上的寄生靈讓人無法坐視不管而已。」

寄生靈，諸葛這樣說，在旁人看來他的表情認真的很不現實，同時又創造出讓人無法忽視的氛圍。

「你在說什麼啊！不要嚇唬人了，你以為自己裝得一副神棍樣就會有人相信你嗎？不要編一些有的沒的名詞嚇人！」眼鏡女不甘示弱，像是要強行無視諸葛的話，他的「結界」並沒有對這個女生起作用。

「何莉甄同學，妳的確不會知道我在說什麼，但我想妳們身上的寄生靈和妳們碰過的事情有關。講簡單一些，我是知道發生了什麼事的，我的問題是在於：妳們是否對那個『附著在妳們身上的東西』有所認知而已。」

「你……怎麼知道我的名字？」被喚了本名的何莉甄愣了一下，但很快恢復原先的強硬。雖然名字這種資料稍微打聽就有了。對方知道名字也表示質問者的有備而來，諸葛這一步若走不好，就會讓他想問出的事情更難得到。

「你朋友呂筱卉同學的名字我也知道，而且你們兩個共有著同一個寄生靈，不處理的話，可能會擴大到你們的朋友圈之中喔。」諸葛沒有被打擊，繼續直球說出另一個小眼睛女生的名字。

這次，一直沒有說話的呂筱卉有了明顯的反應，雖然沒有發出聲音，可是貼了紗布的臉明顯掉了一層血色。

「欸你朋友在幹嘛啊？這樣直接刺激她們不太好吧？」大仁哥在我耳邊低語問，我也回答不出來，從頭到尾我不知道諸葛的動機是何。

「阿嶼，」石滔學長也用低音量說道：「你看清楚，那個寄生靈的其中一部分會從兩人身上顯現。」

「你……你在說什麼，我們都聽不懂，請你……快點、快點回去吧！」呂筱卉擋到何莉甄面前開口，可是每一字都夾雜顫抖，音量像是用力發出的，卻仍然相當微弱。

「嘖嘖，」諸葛搖了搖頭，掏出進來前石滔交給他的那張紙片，「如果妳真的不知道，那麼怎麼會想到要去下防護的符咒呢？」

那張紙上畫有一同心圓，交叉對稱的四條直線穿過中央、在圓外方各有三條橫線交疊、並有三叉戟般的末端，像是在圓上伸著八條天線。

「這是維京的無懼之盔吧？妳們其中一人想用這個來預防寄生靈，可是妳沒想到的是：寄生靈早就纏繞在妳們身上了。」

「你說……什麼……」呂筱卉的臉一下青一下白，喉間好幾次吞納唾液的擺動。

這時何莉甄再次喊出聲：「筱卉，你不要被他嚇到了，這種人你不要理他就是了。」

只見對方口吻充滿畏懼的顫抖回應著：

「可是莉甄、那個，是我的符咒沒錯……」

這次連何莉甄的臉色都變得慘白，兩人的恐懼在諸葛面前變得赤裸，彷彿她們的一切都遭到眼前這個自稱塔羅社的社員給看穿。

「那麼……我來幫你們除去，寄生靈吧——」

「不好了！大仁在嗎？」

突然間衝入選委會辦的聲音，是阿文學姐，慌張地跑來，任何諸葛正要進行的事都被打斷了。

「什麼事？」

「你快來，難容社的社辦出事了。」阿文學姐因為快速衝來而臉色通紅，可是焦急的眼神很明顯，她一字一句清晰地說：

「有東西被燒，也有東西被偷走，而且監視器拍不到任何人。」

聞言，整個空間都陷入了另一個沉默，諸葛剛才建置的神祕結界被瞬間破除，取而代之的是籠罩了眾人的烏雲似的氣體。

在諸葛的眼前，我首先看見他的眼神肅然瞇起，另一頭只見呂筱卉突然間「碰」地跪倒在地，她的顫抖不必從聲音就能看出，身體看起來充滿恐慌和懼怕，彷彿不受她的控制一般無法支撐站姿。

是火男，火男出現了！

第八章　催眠不是信手拈來的技巧

我看著純白的天井醒來，意識鈍重模糊，被卡車輾過那樣只剩血肉一片，中間有無數場景橫過糨糊般的腦中畫面。

有人影閃動，瞬間就看見了白熾燈管，白光從一個不存在於在場任何人的「人影」射出，那般的妖魅不實。

火焰的光芒沒有熱度，那個人影就這樣朝著我狂奔，他是男性，這點似乎無庸置疑，可是他又是誰？他究竟為什麼要出現，他與我有什麼關聯嗎？

「阿嶼！」

聽見有人在叫喚，這讓我瞬間從彷彿身陷了泥淖的思緒拉了上來，像是攀住了藤，努力從沼澤由下往上將自己拉起。

「阿嶼醒了。」

是學長，石滔學長。

「嗚……呃……石滔學長。」一開口，便發現我的喉嚨乾渴難耐，跟火燒過沒兩樣。

「你喝點水。」

石滔學長微笑遞了一杯水給我，水面清澈，橘紅色的杯底在我眼前閃爍……

「嘔！」

幾乎是立即性地，我又乾嘔了起來，對，我先前肯定也是乾嘔，這下知道了喉嚨的乾燒感是怎麼來的了。

「怎麼了？」學長立即取走水杯，一手扶住我的，輕拍我的背部。

「沒有，可能是顏色的關係，我感覺有點不舒服？」

「顏色？」

「對，我不知道怎麼了，可是當我把這水杯的顏色放低一些、水面的波動還有……折射吧，就讓我覺得很暈。」

石滔學長在思索著我無法踹測的事，缺了笑容的表情也沒有明顯的惱怒，反而讓人聯想起站在畫廊裡努力解讀圖像的評論者，接著重新用透明玻璃杯倒了水給我。

「那你先用玻璃杯喝吧，我們等等再來問你。」然後他微笑對我說。

*

我記得自己是第一個衝去事發現場的，我印象中我進入了室內，一團亂的紙張和各種旗幟道具，還有一個卡其色的束口褲管，對，他是攀出窗戶的。

當然，第一個動作就是追上去，要去把人抓到。

我知道自己快步跑向了窗，然後——

「然後就看見了，那個。」

說到這裡，我有些彆扭，不曉得該不該說下去。

「快說，第一時間你跑最快，也應該只有你有看到，我們跟上你時只看到你倒在辦公室。」諸葛皺著眉，一臉我讓他更麻煩了的表情。

「呃，對啦……」我還是有些猶豫，不過我的證詞我自己都不太相信。當有人來通知難容社出狀況時，照理說應該不會有人出現在那裡了才對，還是兇手又在辦公室空下的情況回到現場？

「你看到了什麼？」諸葛一字一句清楚地問，口吻簡直就是威脅。

「我看到了，火男。」我說，在場除了石滔學長跟諸葛以外，其餘來看我的人有阿文學姐、大仁哥兩位，後二者的表情明顯是錯愕的。在場還有另外兩名我並不熟悉的同學，但我記得，是那兩名曾遭到攻擊的選委會女同學。

「但是阿嶼，你應該知道當我去通知你們的時候，辦公室就被破壞了吧？又怎麼會看到破壞辦公室的火男？」阿文學姐顯然相當懷疑我的說法。

「其實我也很懷疑我看到的東西，說不定是我自己跌倒、昏過去時做的夢。」聳肩坦承自己也不相信，可是這一刻諸葛插了話：

「不對，他沒有說看見火男『破壞』社辦，他只說看見了橘色的褲管翻窗出去，然後就看見了火男。」

「所以說，是有人來到現場，然後聽見阿嶼的聲音倉皇逃走被他看見了。」學姊快速找到結論。

「火男……他真的存在，我們也看見了。」那兩名曾被攻擊的女孩之一，呂筱卉同學顫抖著聲音緩慢說道。我想起他在選委會辦公室時，被諸葛質問到失措的樣態。

她的樣子像是真的看得見火男一樣。

頓時間，有股奇怪的氛圍環繞在保健室內，與諸葛刻意製造出的那種氣氛不同。他製造出的詭譎是以自己為圓心，像漩渦一樣把人一步步往下帶。現在這裡的感覺就是突然上湧的海水，瞬間所有的人都沉沒下去。

幽深的，暗沉的。

在深沉的黑水裡面，火光亮眼逼人，有一個冒著火焰的身影穿梭在我們之間，彷彿所有人都即將遭遇，冒火的男人帶著無法退去的怨恨，正指向著什麼人。

「散！」

剎那間我聽見來自皮膚產生的極大聲響，某種尖銳的物品輕扎在手臂上。冰涼帶刺的接觸人回神。

諸葛在我的手臂邊，右手纏繞著皮繩，在繩末端綁著一個黑色發亮的椎體。

「你幹嘛啊？」我疑惑地問道，雖然我大概能想到他用了那個錐體將我拉到了現實，那可能就某種魚鉤，把人從深海拉出來。

「驅除不乾淨的東西，讓你們不被寄生。」他臉臭得很，將那枚約拇指大的黑色錐形擺墜收進黑色長袍。

抬頭看到眾人都是一樣的表情，只有石滔嚴肅地站在和諸葛一樣的位置。

「什麼意思啊？」大仁哥不太明白，在場除了神祕的二人，恐怕有許多人都陷入了剛才的狀態之中。

「剛才你們陷入了『火男』這種寄生靈之中，我必須將那個殘缺的部分驅除，否則你們會因為錯誤的認知而遭到危險。」諸葛頓了頓，看了我一眼：「尤其是阿嶼。」

「所以，你知道要怎麼驅除火男了？」從剛才都處於沉默狀態的何莉甄，直盯諸葛的表情，看似還有所遲疑。

「我並不覺得現在執行驅除儀式會讓你們有多安全。」諸葛冷冷地答。

「你這不是在耍人嘛！一下說把我們身上不乾淨的東西驅除、一下要拉我們回來、現在又說不把火男驅除我們比較安全？」何莉甄破口大罵，「難道剛才那種詭異的狀態，是你剛才下了什麼催眠，好用喚醒人的方式讓我們相信嗎？使用這種伎倆來騙人還真是噁心！」

「這你就說錯了，何同學。」石滔平靜地插了話，「所謂的催眠，大部分都會藉由重複性地暗示來讓受催眠者進入暗示所提及的狀態，例如每天早上向自己說『我很棒』，然後重複許多時日，就可能達到催眠的效果，當事人會覺得自己很優秀。另一種催眠是使用語言之外等多種媒介，如錢幣或芳香，藉由讓感官發散後，催眠師使用語境的誘導讓被催眠者進入情境當中，然後催眠者會接受指示進入或離開指定的狀態。」

學長一口氣解釋完，詳盡中帶點神祕的薄紗，或許我們也是被帶入語境當中了也說不定。然而他又繼續說道：

「可是剛才你們的狀態是在同一個情境當中同時擁有感知錯誤，一起進入了一個與現實不符合的世界觀錯覺，跟催眠不太一樣。此外，諸葛並沒有做任何具有暗示性的動作讓你們進入那種狀態，雖然他叫回你們的方法有點雷同，但只是單純讓你們的觸覺被觸發而已。」

「你……你這傢伙跟他是共謀吧！」何莉甄咬牙肯定的指著石滔學長的鼻頭，不客氣地怒視對方。

「那個，我有問題。」阿文學姐歪頭舉手，「所以說，剛剛那種奇怪的感覺是種類似『短暫脫離真實世界』的狀態嘛？那麼催眠什麼的可以達到那種狀態？」

諸葛回答道：

「可以，但是那是少部分會有的情況，而且不易分辨。」

「所以我說你也有可能做到吧！還在那邊說亂說一通……」

「妳為什麼，一直在急於否定火男存在呢？」諸葛截斷對方的話，意味深長的看著何莉甄，後者錯愕失聲，好像有什麼話想說。直到諸葛再次開口：

「剩下就交給阿嶼吧。」

「啥？」突然被叫到的我一臉茫茫然，諸葛只是又說了句：

「這傢伙是為了訪問妳們而到妳們社團的，聽說是她的報告跟妳們社團的活動相關，我是基於人情來協助他完成作業罷了，其他我不想陷入太深，我想機會難得，都沒課的話就在這邊完成訪談吧！」

語畢，諸葛丟了本筆記本給我，並在我耳邊輕聲地說道：「我看必須從她身上的東西先去除掉呢。」

＊

在諸葛揚長而去後，石滔學長又很神奇地幫忙生出我的問題稿還有紙筆，我坐在保健室的床沿邊，兩名女同學，也就是何莉甄跟呂筱卉拉了張凳子坐在我面前。

為了不讓氣氛太像是在質問，她們要求其他人也要離場才行，所以大仁哥、阿文學姐、石滔學長都先行離開了。

「好，那我從，何同學開始。能描述一下當時的狀況嗎？」

何莉甄的表情比起剛才緩和不少，她揉了揉自己的太陽穴，表情不太情願，但還是開口說：

「就像你們聽說的，我和筱卉當時在選委會的會辦，當時我們正準備要離開，因為空堂結束就要去上課了。原本想說要去買杯飲料，然後去上課。」

「然後呢？」

「然後我們就看見一個……呃，就是那個，火男。」何莉甄的樣子看起來很平靜，但是遲疑的很明顯，眼裡不能確定自己話語真實性的樣子一目了然。

「那，那個火男的樣子，還有什麼細節可以告訴我嗎？」

「啊……嗯……」看得出來何莉甄是認真在思索，探詢腦袋裡面模糊的記憶，她的表情跟一個在湖中央尋找漂浮髮絲的人一樣。

「已經忘記了？」

「很……很模糊。」她開始用力壓緊眼皮，用力到額頭冒汗。

「妳還好嗎？」我皺眉，情況有些不對。

「沒、沒事，我快想起來了，你等一下！」何莉甄的聲音加促，伴隨頓重的呼吸聲，聽起來讓人想到在懸崖邊掙扎的牛羚。

「沒關係，妳先休……」

「閉嘴——」歇斯底里地大吼，整個室內有什麼在炸裂，嗡嗚來回轟張，動盪的聲音讓我愣了下來。

「小莉！」另一個較細的女音刺出，把膨脹的氣球釋氣，嗡嗚聲迅速消失，也或許只是減退不少。

「哈啊……唔……筱卉，我、我……」何莉甄的樣子像是跑過整場馬拉松，臉到頸子都是汗水，鏡片後無聚焦的眼珠子旁邊延綿著血絲。

她與幾分鐘前簡直判若兩人，簡直比剛才諸葛在的場合還要讓人驚恐。而呂筱卉依然耐心地安撫，可見這個狀況不是第一次，眼睛細小的溫柔女孩子沒有半點慌恐的神色。

半晌，只見呂筱卉拿出一碇藥丸。遞上水杯跟藥丸給可能是恐慌發作何莉甄。

「這是她的藥，小莉她有身心科的疾病，會定期去回診，壓力太大時就可能發作。」呂筱卉沒看我，扶著友人到旁邊的床上躺下。

「小莉，妳先吃藥，然後我幫妳打給維哥。」

「好……謝謝妳，筱卉。」

兩人簡短的對話，維哥是誰？是何莉甄的家人嗎？

「抱歉，今天就先這樣，好嗎？」

最後，呂筱卉這樣說，我也只能點頭答應。我決定先從保健室離開，讓兩人可以休息，沒有斬獲的狀態讓人有些失落，可是何莉甄的樣子也讓我很在意。

如果她有身心科疾病，那麼她看見的火男，是她產生了某種幻覺？可是有這樣強烈的身心疾病幻覺？而且呂筱卉也號稱看見了，這又是怎麼回事？

*

我約了諸葛在塔羅社，他看起來本就在那裡等我。石滔學長也在那裡，社辦沒有其他人，我們三個圍在鋪有黑色絨布的桌面旁開會。

「有什麼收穫嗎？」石滔學長問。

我搖頭：「沒有什麼的樣子。」

諸葛挑眉道：「喔？你說說看，整個訪談過程全都說。」

將何莉甄的狀況、還有呂筱卉的所有處裡都說了一遍，然後也說了自己的推論和疑點，那是很簡短的事情，對我而言就像是被咬斷的魚鉤子，沒什麼用處又必須重新開始。

「嗯！阿嶼你做的很好啊，居然可以一次收集到這麼多情報呢！」石滔學長聽完後露出燦笑。

「蛤？」

「什麼啊？原來你沒有發現嗎？」諸葛用看白癡的鄙視眼神看我。

「又是什麼，你們剛剛聽了我的描述就發現了線索？」

「嗯嗯！而且只有阿嶼你可以得到這種情報的喔！」石滔學長持續稱攢我。

「到底是……」

「因為你看起來鈍鈍的，所以他們兩人也放下戒心，可是何莉甄在面對你的問題時又會迅速回到緊繃，我想她們都沒有料到。」諸葛杵著下巴，認真猶豫著。

「所以她的狀態是我引起的？」瞬間我起了點愧疚。

「算是，而且，你有注意到呂筱卉從哪裡拿出藥嗎？」諸葛繼續問道。

「沒有。」仔細想想，真的完全沒注意到，當時的注意力都在何莉甄身上。

「她是在逼不得已的情況下才將藥拿出來的，因為那時候何莉甄沒有帶自己的包包到保健室。」石滔學長說，那笑容好像照亮整個室內。

什麼？

我瞪大了眼睛。這麼說？

「所以囉，那個呂筱卉先前在某個時間藏了何莉甄的藥。」

諸葛下結論，應該說推論中的結論。

但是，為什麼？

第九章　靜觀其變並不是坐以待斃

當天的會議並沒有其他的結論，我們能夠知道的事情有幾件：一，呂筱卉持有何莉甄的身心科藥物。二，她是清楚知道何莉甄有相關症狀的。這兩件事情是確定的，但是疑點呢？

「她為什麼要這麼做？」

我自言自語地問，可是詢問的對象只有眼前呈現美好顏色的一鍋燉肉。現在時間是下午，我在租屋處的公共廚房做晚餐，稍早的時候房東有打電話給我，說有新的房客要住到我隔壁，也是我們學校的同學。

我住的租屋處一個月前就有幾人搬走，於是剩下我一人，有新房客進來住很正常。我並不會很介意多入住一人，可能會稍微不習慣我隔壁的空房有人睡了吧，不是特別排拒，不過要說歡迎也還好。

但是鍋子裡面燉煮的晚餐，我是準備二到三人份。

今天吃的是紅酒燉牛肉，身為一個窮困的大學生這一餐可是相當的奢侈，一切都要感謝提供牛肉的老家那邊，聽說是鄰居送給我家，家裡又冷凍寄給我。趁著今天有新室友，就來煮一頓豐盛的款待對方。

萬一對方不吃牛，我也能自己帶便當或冷凍起來等想吃再加熱。

回過神來我的專注力都放在將要烹好的料理上，完美的牛肉色澤油亮，醬汁濃稠度適中，疏食的點綴增添香氣和視覺效果。

門外傳來鑰匙的開鎖與開門聲，聽起來是新室友來了，腳步聲朝著廚房走來，應該是聞到了食物香味。

「好香。原來我室友這麼會煮啊？」

新室友說，可是我總感覺到一陣奇怪……等一下？這聲音？

因為聽到這聲線太過多次，我立即性地將視線往下移——

「諸葛？」果然，是那個有時讓我覺得荒唐的塔羅師，只見矮小的他翻了翻白眼，好像全世界只有我不曉得他要入住我房間隔壁一樣。

「你沒有先去探聽室友的習慣齁。」他說，整眼神都放在那鍋肉，完全不在我身上。

「我可沒那種玩身家調查的興趣啊！」我抗議。

「觀察環境是很重要的，知己知彼，不會百戰百勝，至少不會被推入火坑。」

諸葛的樣子很泰然自若，逕自從烘碗機拿出兩組碗筷，就放在飯廳的桌上。這傢伙居然完全沒在客氣的耶。

「而且你要入住這件事，如果早就知道的話，幹嘛不直接跟我說啊？」我把燉肉端上桌，然後拿起一副碗筷去盛飯。

「我忘了。」

沒料到是如此普通的答案，我「喔」了一聲，兩人都盛好了飯坐在飯桌前。

「怎麼沒邀石滔學長來？」我問，如果諸葛知道自己要住在我隔壁，就有可能拉石滔學長來蹭飯。

「他去辦些別的事情，明天下午才會出現在學校。」

「好吧。」

辦事情？石滔學長好像真的挺忙碌的。另外就是難容社原本的快閃企劃因為那場意外而取消，現在整個社團應該是意志消沉的狀態。

「你剛剛應該有在思考呂筱卉的事情吧？」諸葛唐突問道。

「嗯。有些疑點我想不通。」

「例如她幹嘛這麼做，還有他怎麼知道第一時間要打電話給『維哥』。」矮子塔羅師的思緒很清楚，我所能想到的他和石滔學長大概都想過了。

「所以你知道嗎？」我抱有一絲解答的希望問。

然而他卻回答：「不清楚。」

「原來你也有不知道的時候，不可思議欸……」

「呿！事件的全貌都還沒出來，現在只能靜觀其變了。」

也對，說不定是我們多想了什麼。我決定低下頭繼續吃飯，諸葛這時又補了句話：

「我說靜觀其變，不是只等下一次事件發生，希望你能清楚。」

「喔……喔。」

我猶豫著不知該如何問，但他不再多說，我們兩人多講了幾句話，在夜幕逐漸深厚，各自在自己的房間直到隔日。

＊

隔日早晨──

「幹！」

我衝出房門，早八的鬧鐘因為手機忘了充電，所以沒有如期地響，今天沒辦法跟人借用機車，隨意收拾了幾樣上課必備的物品便趕去站牌等車。

又又又又又又又又又又又又又又又要遲到啦──

衝著出門，現在如果能搭上下一班公車，就可以在不遲到的狀況下趕到教室，可是如果我錯過了，就他媽要大遲到半小時然後進到教室內被老師給羞辱。這些都是其次，重點是遲到紀錄會影響成績，我的出缺席已經要讓我被當了。

而就在我的眼前，那輛唯一能讓我免於遲到的公車短暫的停下，接著關上了車門，此時我與它的距離尚有十幾公尺，全力衝刺也無法阻止它發動。

「不要走啊啊啊啊！」

當然，公車司機沒有理會我的嘶吼，最後在站牌下低頭喘氣，沒趕到車又消耗大量體力，真他媽難受。

「幹……累死了。」我低聲咒罵，大概免不了要叫Uber了。

當我正掏出手機，思量自己的生活費是否允許自己使用Uber這種高級的服務時，馬路上傳來幾聲喊我的聲音：

「喂！謝恩嶼？你要趕上課嗎？」

一台黑色的機車停在人行道邊，跨著車的機車騎士是個體格寬壯的男生，我多看了好幾眼才認出來他是誰。

「大仁哥？」

賴灼仁騎著車，大概是住處會經過這裡到學校，看起來也是要去上課。

「上車吧，你沒搭上那台車會遲到吧。」

說著他就遞上安全帽給我，平時我可能會想不夠熟不太好什麼的，但是學分這檔子事，人命關天啊！

回過神來我已經在大仁哥的後座，上車時有稍微摸到他西裝下的格紋襯衫，質料不像是一般的布料。至於他的車速一般，而且與前後左右的來車都保持著安全距離。

「你是……中文系？」大概是想找話聊，又覺得談之前的事件會尷尬，大仁哥問起許多非文學科系的人會問的問題。

「嗯啊，中文系。」

「中文系在學什麼的啊？都是古典詩詞的嗎？」

「呃，內容上有啦。也有現代的課程，都專注在分析文本的內容，要從一篇文章寫成的歷史背景、作者經歷去找脈絡，然後知道寫作的人想要表達什麼。文學相關的科系大概都有這樣的成分。」

我盡量說的很現代，有太多時候被人預設中文系活得像古代人了。

「好像很厲害欸，以前不知道。」

「沒有啦，我不厲害，系上厲害的人很多、別的科系也有很多很厲害的學問。」

「說得也是，哈哈——」

他笑都還沒笑完，突然一個急煞，我撞上他的背，我們面前是兩輛明顯是互撞倒在地上的機車。地上兩個人身上都有掛彩，應該是剛剛才發生的車禍，都還沒有人停下來幫忙。

「不好意思，我去看一下。」大仁哥停下車上前查看。

「沒事吧？傷勢嚴重嗎？」他開始詢問傷者，兩方看起來都挺年輕的，應該是上班族還有學生。

「阿嶼，他們有報警叫救護車，可是你再打一次，請他們快點來，其中一人可能骨折了。」

我沒有發楞，手機早已經拿在手上準備撥號。

約莫過了五分鐘警車與救護車趕到，在那之前，大仁哥筆直地站在車禍現場，並且舉手指揮行車注意及繞過。

我們一直到警方處理完現場和救護車將傷者載走才離開。

當下的心情有些複雜，雖然是幫助人，可是我那天的課還是遲到了十分鐘才到。

這只是一天起頭的小插曲，而就在當堂課結束的下午空堂，阿文學姐突然間主動來找我。

*

學生會辦公室的房門敞開，這個地方平時就是開放空間，重要的物品會放在櫃子裡面鎖著，也有監視器，所以誰進出都看得見。

這裡的每張桌子上幾乎都有些雜物，可能是學生會辦活動用的、可能是活動的報名表單，總之沒有一張桌面是空的。而最亂的那張桌子後面，有一個青年在那裡埋頭讀著紙本。

叩、叩。

有根指頭在木門上輕敲兩下，聽到聲響的李哲凱頭也不抬，畢竟誰會這時候來，他很清楚。

「嗨，哲凱，抱歉打擾囉。」

「你打電話給我的時候就該說這句了吧。」學生會會長對著石滔翻了白眼，隨手抽出對方委託要找的資料。

「正常來說這種資訊是不能外傳的，你這邊看完就拿到旁邊碎紙機處理掉。」

「嗯，明白喔，不會給你添麻煩的啦。」

「沒想到你要主動找資料，真不像你的作風，你都是等事件找上門的那個不是嗎？」李哲凱發出牢騷，朝石滔瞄了一眼，又繼續埋首工作。

「嘛……原本是想靜觀其變的，但也不能單純癡等吧。」石滔的回答，話裡似乎有著什麼。

遞到石滔手上的就是一張課表跟有貼照片的報名表，上面還有記載信箱跟通訊軟體，資料的主人當初報名學生會時提供的。讓學生會方便聯絡用，基本上因為個資相關法規，所以不能這樣給人看。

「另一個人也就算了，他是真的有點奇怪。但你怎麼會要求調查呂筱卉的資料？」這個問題是出於好奇，但李哲凱還是沒有讓臉色和緩，眼神銳利地盯著笑咪咪看資料的石滔。

「稍早的時候在保健室那裡，我跟諸葛發現了一點徵兆，所有人都陷入了一種特定的情緒漩渦當中。但是當時在場的人，只有兩個，並沒有一起進入那個漩渦裡面。」

石滔口吻一派輕鬆，還用手機邊查了幾個社群網站的資訊，但是和他相處甚久的李哲凱聽得出來，這個男人相當認真，可能還有點生氣。究竟是什麼樣的事情，可以讓那個可以總是和藹的石滔動怒？

「情緒漩渦啊……沒想到那個算命的會操縱那種東西。」李哲凱自語道，他知道有個叫做諸葛的塔羅社員，相當善於擺弄人心來達到占卜的效果。

「不，不是諸葛。」石滔悠然地反駁，這令李哲凱首次抬頭。

「那是誰可以做到？」

沉默過了半晌，直到石滔將兩份閱畢的資料塞進碎紙機中，紙張被削成細條的機械聲響與平時並無二致，卻在兩人之間顯得異常詭譎。

「他可能自己都沒察覺吧。」

*

阿文學姐在我下課後的一堂空堂找上了我，事實上她就在教室外等我，她的表情很鎮靜，可能也已經鎮靜過了頭。

「阿嶼，你的手機呢？」

嗯？

我把手機從書包裡面摸出來，有幾通來自阿文學姐的訊息，因為整堂課沒拿手機出來所以都沒看到。

「我是想跟你說難容社的演講活動延後了。」阿文學姐平板的說。

「欸？為什麼？要延到什麼時候？」

「大概會延後到學生會的選舉結束吧。」她的口吻簡直是在喟嘆，誰都能感覺出事了。

「社團發生什麼事了嗎？」

「今天早上我們發現社辦裡面又有東西遺失了，都是這週我們要辦演講活動要用的，包含要發給參加者的摺頁冊、要貼在會場的海報之類的。雖然都是小東西，再印就好，可是感覺得出是針對我們來的，所以還在討論要不要報警。」

聽著發生在難容社的事情，我有點不敢置信。

「太扯了，到底要多無聊才會去搞這種小動作啊……」

「我們也很納悶，可是既然是針對我們來，也要避免活動當天有事情發生，所以幹部們決定把時間延到學生會選舉以後。你的報告應該來不及吧？這邊是想跟你說可以看要去找別的主題還是什麼，總之就是抱歉。」

「不，沒關係，本來就是我去打擾各位的，我比較想知道你們那裡還好嗎？」

阿文學姐猶豫了一陣，才繼續說：

「是有一些奇怪的事情，我們其實有在桌上放著攝影機，可以看見社辦裡面所有進出的人。可是卻沒有拍到任何東西。」

「沒拍到？」我瞪大了眼，這怎麼可能啊？

「嗯，很神奇對吧，我也不知道是為什麼，畫面上確實沒有。在那個區間是沒有人進入社辦的。」

這種離譜的事情為什麼會一再發生啊……

「不如，我們找石滔學長幫忙看看呢？」我試著提出可行的方案，心裡有種直覺，如果是石滔的話，他或許——」

阿文學姐的手機鈴聲劃破沉默，她看了一眼來電者後沒有猶豫地接起：

「喂？」

話筒的聲音不小，快速而模糊，聽起來像是火焰燃燒的劈啪聲響，阿文學姐的表情，看起來也跟困在火勢險峻的房舍裡那樣。

「好，我馬上到。」

「怎麼了？」

「又出事了，學校的人跟教官到我們社團，說有人舉發我們就是破壞學生會選舉的人。」

第十章　兇手不只是真相的附屬品

不知道是在哪本書上看過，又或是我自己想出來，並且記在我的筆記上的那一段話：

「《山海經》中曾載，夸父與日逐走，未至，道渴而死。

只是世人豈知，夸父窮其一生所追尋的，並非那天邊的烈日，而是……」

是什麼？我當時有想到嗎？還是我終究只留下了一個懸念。

每當我翻開那一頁筆記、以及記憶中這一段，所聯想到的畫面，都是迎著烈日，燃燒中的高大男人，他踏出腳步，即使已經超出自己極限太多太多。

他仍然執意要奔跑——

「石滔學長！」

我狂奔到石滔學長上課的教室外，他這時剛走出來，雪亮而充滿知性的笑臉在人群中特顯突兀，全世界就只有那種表情不會讓我認錯。

「阿嶼？怎麼了？」

「呼……學、學長，出事、出事了。」我跑得太喘，字句無法完整。

「冷靜下來，你這樣簡直是追著太陽狂奔的夸父呢。」

聽著石滔學長半開玩笑的話，我實在也無力吐槽，繼續說下去：

「歷史難容社出事了，應該需要你幫忙。」

*

我帶著學長一路穿過校園的中庭，在那裡，我們看見黃奔陽等人，他們正在進行向眾人的「佈道」演說。

「毒黨要倒！」後來我聽諸葛說，他們最常出現在學校的公共區域，如中庭，和他的幾個與他同是「中華復興社」的成員，來到校園的廣場，拿起大聲公大肆地宣導。

而他的聲音在機械擴音後，就模糊在梅雨季潮濕悶熱的空氣裡頭，可能也是因為這個緣故，人來人往地沒人要去注意他們。

「他們通過同性婚姻，違反人倫的立法、罔顧民意！他們這一切都是為了推動獨立、背棄祖國、數典忘祖！請各位和我們一起扳倒這個萬惡政黨！」

諸如此類的文宣他們到處地發，也到處地高喊口號，其實在他們剛開始的時候還會有人駐足聽幾句。

黃奔陽一夥人就在我會行經的走廊旁演講，我想要快步走過，但學長卻是習以為常地沒有露出嫌惡的樣子。

這幾天的鳥事已經夠多了，那次在塔羅攤上發生的事情也讓我極其厭惡這些人，他們的言論也很無稽，且現在根本不適合跟他們糾纏。

「學長，快點吧。」我催促道。

石滔學長沒說什麼，加快了步伐跟上來，我似乎可以看見他用一種富饒興致的眼神揪過「復興社」的成員，尤其是黃奔陽。

「你覺得他有趣嗎？學長。」我忍不住，在路上就問了。

「誰？黃奔陽嗎？」

「嗯啊。」

「我想想該怎麼說……應該是覺得，他很不像是一個人類、卻又很像一個人類吧。」石滔學長果然又說出讓人費解的話，並且在我發出疑問以前就先自己接下話：

「我是說他的執著，不只是異常地強烈。同時又讓我想起：『啊！世界上的確還是有這樣的人，而且很多』這樣的想法，這樣一想的話，就算想法差距很大，或許也不會那麼無法理解了。」

「那是什麼讓他有這樣的執著？」

「這個嘛……」

石滔學長的話未完，我們就已經到達了歷史難容社的社辦，裡面人多嘴雜各種聲音打斷了對話的脈絡，只得暫停討論。

我們兩人站在敞開的社辦門外，只見幾個校園內的教官和應該是主任的行政人員，對峙著以阿文學姐為首的難容社社員。

「請你們拿出證據來，不要憑著你們是教官室就可以隨便來盤查。」

「同學，我們就是接到了有人舉報，那個人可能就是你們社團的人，那有沒有證據我們也必須看啊，不是要刁難你們。就是希望知道事發當天你們都在哪裡、做什麼、這裡有沒有別人的東西這樣。」

「我們在事發當天全都在這裡，沒人去選委會的辦公室，你們看監視器就會知道了吧？幹嘛特地到我們社辦來？」

裡面一來一往的爭辯，似乎快要僵持不下了，這是單靠我跟石滔學長可以處理的嗎？

「夠了。」另一個聲音從我們身後出現，是個高昂的男子聲線，不讓人感到陌生，或許是因為這個人時常在校舍與校門的轉角揮手拉票的緣故吧。

「教官，我覺得這件事情來騷擾難容社並不合理，」

那青年掛著眼鏡的臉容看起來很相容誠懇，身上還穿著一件選舉背心，印著他的名字：林恆平。

*

後來，教官等人離開了，幫忙解圍的林恆平也說要去校門口揮手拉票，留下難容社，以及我跟石滔學長在場。

「我想不透他幹嘛要幫忙。」我說，就在社員一一散去後，我和石滔、阿文學姐、賴灼仁坐在桌邊。

「不知道，說不定是在做選民服務之類的。」石滔發表了不太正經的回應，在場幾人也都笑了。

「我覺得其中有詐，說不定就是他檢舉的，然後自己跳出來幫忙，博取信任。」大仁哥，也就是賴灼仁的猜測就不是那麼友善了，看得出他對林恆平有滿滿的敵意。

「是不用想到這樣，我們也沒證據，總之沒事就好，先想辦法把東西找回來再說吧。」

「我同意阿文學姐的，如果是針對難容社來，那麼有必要好好的查清楚才對。」我附和道，隨後眾人不約而同往石滔的臉上看。

「欸……各位這眼神的意思是？」

「石滔學長，你能幫忙當偵探，把這起事件查出來嗎？」阿文學姐很認真地拜託，讓我跟石滔學長反而愣了。

「學姊你說的查出來是……」

「至少把東西給找回來，我們當然希望能知道是誰幹的，但至少從這方面去做吧。」

「嗯……如果要單就東西消失來找的話，讓我來幫你們找可能不妥。」石滔學長稍作遲疑，看他的眼神是正在認真地思考。

他有發現什麼嗎？不管是被偷走的東西去了哪裡、或是被誰偷的。而我們都不明白學長的意思，為什麼是單就「找東西」就會不妥呢？

所有人都對於這裡發生的事感到困擾，光是因為這樣，找出東西也會不妥嗎？我困惑中還感覺到自己有惱火，石滔學長在想些什麼旁人無法理解。端看難容社的其他社員，他們的表情也是不解。

「你的意思是因為最近發生的事情，牽涉到很多人嗎？」

「正好相反，是因為這些事情都各自獨立，卻有著同樣的一個共通點，所以我難以簡單解決。」學長的回話不是隨意開玩笑，他確實很認真這樣認為。

眾人束手無策的情況下，我們只能幫忙收拾剛才弄散的社團物品，難容社的社員各自作鳥獸散去了，有些人上課、有些人打工，也有人回去休息，最後就只剩賴灼仁和我跟石滔學長。

「靠，最近發生的事情真的太多了，我都懷疑是不是有什麼人在詛咒我們。」大仁哥邊埋怨邊收拾自己的東西，我和石滔學長在旁，其實我早就想說可以離開了。但是石滔學長卻不知有什麼原因要留下來。

而現在，石滔卻跟著賴灼仁一同起身收拾。

「大仁哥你覺得詛咒是什麼呢？」

「詛咒嗎？要我說個觀念的話，就是透過某種手段讓人變得不幸吧。」賴灼仁說得一派輕鬆，邊收拾東西，背包上手往門口踏出去。
「不是吧？」石滔學長應聲道，也另大仁哥暫停腳步，轉身向他投以好奇的眼光。
「看不出來呀，難道那個萬事通石滔也懂玄學哈哈——」
「我以前讀過心理相關書籍，也有段對於維卡信仰、神祕學相關知識有興趣的時期呢。」
石滔學長與對方攀談的內容，讓我感到詫異，因為救我所認識的學長並沒有真的鑽研過神祕學，真要說的話，神祕學應該是諸葛的領域了。
「喔？沒想到你也有興趣欸？我近年也有研究一點，還有玩靈擺這種東西。」
「靈擺？是那種吊在手上，然後會旋轉的占卜道具嗎？」我問，好像有一陣子在學生之間很流行。
「就是那個！有一陣子我天天都拿來問東問西的呢。哈哈，現在比較沒時間了，最近忙——」
「你不會，剛好有帶在身上吧？」石滔學長的問題突兀地將從賴灼仁口中說出的句子攔腰截斷。
「呃，對，哈哈哈。」
「那要不要，用靈擺試試看？問它消失的東西去了什麼地方。」
兩人對話的氛圍不知怎麼地緊繃起來，賴灼仁的眼神剎那飄忽，一語不發地從自己書包的夾層取出一個紅色絨布材質的小囊袋。裡頭裝的是一個用白鐵細鍊串著的紫色水晶錐體，光滑的表面反射著燈管的白光，看著仔細些，能發現賴灼仁和石滔的臉同時都在水晶的表面上。

「你確定？我們社團的人剛剛才希望你幫忙欸，現在就要我用這麼玄乎的方式找線索嗎？」

「只是供個參考，這些東西也不是完全不可信，你應該明白的吧？」面對質疑，學長報以微笑，一切都看似順水推舟。

「好吧，就試試。」

賴灼仁將那枚墜子的鍊一截纏繞在手上，在社辦的中央佇立，任憑著靈擺隨著人體自然的震動而垂直擺盪。

「你問吧。」靈擺的使用者說道。

「好，」石滔學長走到對方的面前，然後開口：「遺失的東西和說謊的人，在哪個方向。」

我沒有看見賴灼仁的表情，室內的空氣持續下沉，問題剛出現，墜子擺盪的幅度增大，向著某一個石滔學長的斜前方移動。

「動了……」持靈擺的人也背氣氛感染般，戰戰兢兢。

「對，而且是，選委會辦公室，看起來我要找的人就在那。」石滔話音剛落，那沒靈擺的盪動又增強了。

「真、真的嗎？」賴灼仁的聲音有點發抖，他在緊張些什麼？

「好啦，謝謝你花時間做這個。」石滔收起觀摩的眼神，向操作這次靈擺占卜的賴灼仁友善微笑，後者同樣掛上笑容，將那個錐狀擺飾收好。

「ＯＫ！那沒事的話，我先走了，你們兩位加油吧！」大仁哥很友善，卻也很匆促地離開了，樣子有點像是在逃什麼，可是石滔學長卻不在意。

「我們也走吧，要去找剛剛占卜出來的結果呢。」上揚的語調很愉快，學長的語氣像是真的有發現什麼。

「學長你，該不會真的相信靈擺？」

「相信啊，你也看到剛才的狀況了。」

什麼狀況？

然後我和學長走出社辦，幫忙關起門，接著他表示要往選委會辦公室去。這個時候我想起來：

「靈擺的方向根本跟選委會辦公室的方向不一樣欸。」

「呵呵，是的，但操作者緊張後，原本位置的靈擺方向幅度就加大了。所以我們往那裡不會有錯。」石滔學長朝我眨了眨眼，像似調皮的狐狸。

但學長又是怎麼知道要說出什麼才會讓賴灼仁緊張，又為什麼，他會鎖定賴灼仁？

＊

來到選委會的外側走廊，看見矮小且身著黑色長袍的諸葛倚在牆面看著一本筆記本，手指不曉得在比劃什麼符號或手勢，專注的樣子看似讓人無法輕易接近。

我是第一次從較遠的距離看那襲黑色長袍，諸葛穿著的樣子活像是一名真正在中世紀行走的巫師。他眼裡有光，是一個人對手頭上的事物完全注心才會發出的那般光彩。

「沒想到你準備的挺快的。」石滔學長見到諸葛的樣子便笑了。

「我還在想你們什麼時候會來，時間比我想的要……」矮子巫師頓下來，看了一眼手錶後道：「慢了五分鐘。」

「呃？」我忍不住發出疑惑的聲音。然後親眼目睹這兩人同時轉頭用一樣的眼神看我，但我還是提問了：「我們來這裡幹嘛啊？」

「我來驅除火男的一部分。」回答我的諸葛眉頭都沒皺一下，並且指了指辦公室外的一片紙片。

是上次時掏學長檢來，交給諸葛而且又用來質問呂筱卉的那張紙片相同圖案，我至今仍不曉得是什麼意思。

「這是無懼之盔，是北歐的維京人用來阻擋邪惡的一種符咒，這是有些微研究巫術系統的人就會懂的東西，看起來真的有人很怕呢。」諸葛解釋道。

「是怕什麼呢？火男？」我問。

「我一開始也是這樣想，但我剛開始就覺得很奇怪，呂筱卉當時那個反應太大，反而不自然。」說完，諸葛不明就裡地冷笑了聲。

「你什麼時候查覺到的？」石滔問，我推測他是在問怎麼驅除這件事。

「保健室。不可能不發現的，因為差太多。」諸葛回答，感覺指有他和石滔兩人能夠理解這段對話。

「喂，可以跟我解釋一下嗎？」我說，因為完全對不到這兩人的電波，實在令人痛苦。

反常地，諸葛轉頭看我沒翻白眼，露出「對齁」的那種表情。

「都忘了你不知道，我的錯，沒有先跟你解釋。」他看起來在組織語言，才開口：「你應該是想要問『火男的一部分』是什麼對吧？」

我回以皺眉，通常這個男人會自己接話說下去。

「那就要從之前你在保健室的時候開始說起，阿嶼你應該還記得吧？」

諸葛說的是指，我在保健室，還有呂筱卉、何莉甄都在場的那一次，我記得我們都陷入了某種奇怪的狀態，諸葛聲稱我們被火男附身而他幫我們驅除了。大概就是這樣吧，那一天太過於詭譎了，實在沒有辦法不記得。

「嗯。」我點頭。

「那你記得，你們陷入了那個狀態後，醒來的瞬間嗎？」諸葛接著問。

「呃……你喊了一聲。」

「除了那個之外呢？」

思索了一下，那個時候，好像有感覺到什麼，除了諸葛有喊了一聲以外。

「好像，有什麼東西碰到我一下，刺刺的。」

「嗯嗯！就是那個，你是感覺到我用靈擺墜子戳了你一下才醒來的。」諸葛的語調上揚，從口袋裡拿出他當天拿在手上的椎體，我才想起這跟賴灼仁手上拿的靈擺很相像。

「而且我是在喊了一聲以後才逐一戳你們的。當時我有沾一些墨水，你看看你的手腕上有沒有墨水的點，雖然應該淡了不少。」

聞言，我抬起右手腕，果然有個很淡很淡的小點。

「這有什麼特別意義嗎？」我問。

「阿嶼，這個你應該可以猜得到，藉由觸覺刺激，人類會從當前的狀態下暫時脫離。所以你們當時陷入了一個情緒的漩渦以後，我便用靈擺的尖端戳刺陷入其中的人。反之，沒有陷入那種狀態的人就會對其他刺激起反應。」諸葛的解釋讓我明白了不少，可是我還有疑問。

「我記得，你當時幹嘛喊一聲『散』？」

同時，離我們不到一公尺的選委會辦公室內部，傳來了女子吼叫跟拉扯的聲音。石滔和諸葛立即反應過來，石滔學長更是眼神示意我要進去辦公室。

「你待會就會知道，只要看誰手上沒有墨點，那個人就是火男的一部分了，懂嗎？」

「你是說，事件的兇手？」

諸葛搖頭，嚴肅地道：

「真相和兇手，必須分開來看，何況只有部分的真相。所謂兇手，就是製造出事件的附屬品罷了。」

其實似懂非懂，但我已經被諸葛所謂的「真相」給吸引住，手上沒有墨點，意味著有人沒被諸葛叫醒？或是……不需要叫醒。

裡頭傳來爭執的聲音，是兩個女生，仔細就會察覺到，正是呂筱卉跟何莉甄。

「她們在吵什麼？」我自言自語地走近門邊，還無法分辨爭執的內容。

石滔學長湊到我耳邊，用氣音說：「我動了點手腳，要加速真相出現。」

第十一章　咒語不是說出來就會成立

他並不相信世界上有詛咒，世界上沒有不可思議的事情會發生，沒有偶然，只有必然。

然而，他卻完全理解什麼是「詛咒」，詛咒的本體是什麼，或者是說，所謂讓人心無法順行的「寄生靈」是什麼。越是明白箇中原理，越不會去輕易動用，這才是一個稱職的術法施行者。

矮小的男人將身上的長袍整備好，將衣袖順平，當他在選委會辦公室第一次見到那個人的時候，就應該要察覺到事態會往什麼事情發展。

「非常麻煩，寄生靈這種東西……」他呢喃說道，手上有本紅色外皮的筆記，上頭記錄著從頭到尾的經緯，但諸葛也沒有能力將這些全貌拼湊出來。他只能看見寄生靈的確切樣態，而那個型態已然顯現。

筆記本上面夾著之前在那些人身邊撿到的紙片，他在那頁上下了註記：「夸父」。那張紙片上畫了一個類似符咒的圖案，由幾個同心圓和交會於中心的四條直線組成，直線末端有類似叉子的組成線條。

無懼之盔，那時她看見的反應，以及後來跡象都顯示了一部分的事件，或許這也只是冰山的一隅。

身後的室內，也就是接近起源的教室，兩個女孩說話的聲音並不大，可是能判斷現在室內只有她們。

「明天他要回來了欸。」

「是喔……你們要去哪裡啊？」

「可能會去吃飯，然後會去看之前上映的那部鬼片吧？幹嘛？」

「沒、沒有啦，那部電影我也有點想看……」

聽二人的對話，一定不會錯，諸葛篤定地相信了，已經接近風暴的源頭，卻也是狂風最為肆虐的那個點。

手機微幅震動，是那個可以洞悉全局的人傳來的訊息。看完諸葛先是皺眉然後微笑，心情甚是複雜，只有看到身邊的人被捲入時他才會這樣積極。

『剛剛我讓某個人還我一些人情，時間應該快差不多，我們也快到了。』

他再次拿出筆記，一邊聆聽室內的動靜……

「如果這種不愉快的孽障，就必須要有什麼人來收尾才對。」

*

磅——陶瓷碎裂的聲響劃破空氣，我和諸葛率先衝進室內，只見何莉甄和呂筱卉兩人正互相扯弄對方的髮、手、或衣物在搏鬥，拉推撞到櫃子上的陶瓷物品，地面上一片狼藉，看起來掉落的東西不只是那些。

「喂！危險！你們先分開！」我上前將兩人分開，然後拉住看起來較為瘦弱的呂筱卉。較為激動凶狠的何莉甄則被石滔、諸葛合力制止。

「賤女人！不要臉！我那麼相信妳！」幾近是歇斯底里地尖叫聲從何莉甄的喉頭裡刺出來，空蕩的室內滿是回音。

「呵……」呂筱卉發出冷笑，我拽著纖細潔白的手臂，像是陶瓷一樣冰冷且潔白，彷彿是易碎品，從手上傳來感覺她正在發顫。顫抖不是來自對方的憤怒，我直覺認為那是一種恐懼——

「對……都是我不好！可是我也沒有辦法啊！如果當時沒有碰到他……妳沒有跟他一起來找我的話……現在這些事情都不會發生了！」

戴著眼鏡的女孩聲音冰冷，可是卻有種讓人聯想起被火灼燒的沙啞，面對著何莉甄激動通紅的面目，在我印象中嬌弱的女子卻更加讓人豎起雞皮疙瘩。

「妳說這什麼話啊！我……」

「妳要說妳當我是朋友嗎？呵，這種話真的很虛偽，妳還是去死吧！」被我架住的這名女孩子眼裡閃爍某種光芒，她有異樣的自信，而諸葛比我更快速地察覺到了。

異常。

這個女孩處於異常當中。

「媽的！阿嶼！別讓她說下去！堵住她的嘴——」

可是我沒有反應過來，只聽見呂筱卉嗓音突然加大，諸葛的激動讓人感覺她將要說出能殺死對方的咒語一般，沒想到呂筱卉說出口的是：

「妳最好就這樣死掉！被火男殺死吧！祂就在妳的面前、是妳活該看見！」

空氣好像被凝結了，我看見了火花在地面上旋轉，不對，火花？為什麼？

「慘了，學長！去遮住他的眼——」諸葛話還沒說完，只看見石滔學長從對向衝來，然後眼前一黑，我的意識被平滑地切斷。

被強制關閉視覺且斷掉意識之前，還存有聽覺的我，則聽見了巨大的尖叫聲——

「不要！不要啊！快讓祂離開、不是真的！祂不是真的！」

「叫人來幫忙！」

*

我再次陷入昏眩之中，可是時間沒有很長，聽見學長的聲音時，已經是半個小時過後，而我沒有這段時間的任何一絲一毫記憶。

這次醒來並沒有在保健室內，只有我跟諸葛在原來的教室裡，那兩個因為不明原因吵架的女孩也早就被移出現場，我坐在靠著邊角的座位上有滿頭問號，看著那個矮小的驅魔者蹲坐在我面前的講台。

諸葛的一身黑衣，緊皺的眉頭好像在抱怨一樣，任誰都看得出他現在很不爽吧。

「你應該是不知道該問什麼吧？我從頭解釋好了。」

「呃……喔。」

「首先，我們剛才失誤了。原本應該進行的驅除儀式，卻沒有做好準備，我的輕率讓剛才的女生進入危險的狀態、也差點讓你也跟著一起去，實在很抱歉。」

諸葛用我從沒在他臉上看過的表情慎重道歉，反而令人不知所措，我卻還不知道他是為了什麼在說抱歉。

「等等，陷入危險的人，是誰？是呂筱卉嗎？她陷入了什麼危險？」

對方搖了搖頭，臉色像是苦悶。

「不是呂筱卉，是何莉甄。」

「啥？不會吧！那個女生不是剛剛還很兇惡嗎？」

「不是，剛才最危險的人是呂筱卉，她利用咒術的力量，想要加害何莉甄。但是我來不及阻止，她還是用『言靈』去釋放『寄生靈』了。」

「言靈？你在說什……」

「聽好了，阿嶼，咒語或是術法這種東西，並不是神祕而遙不可及的怪談，更不是不可思議的事情。所謂的咒術和靈，其實在日常當中充斥著，能夠驅使這些東西的，就是法師或巫師。」
「你說呂筱卉能使用那個？是巫師或法師，所以她很危險，是這個意思嗎？」眼前這個塔羅師的話讓我更加頭暈，可是他的表情可不是開玩笑，不對，這方面的事情，諸葛幾乎沒有開過開玩笑。
「正好相反，她完全不具有基礎，不是熟悉巫術體系的巫師、也不是能驅策法術的法師。所以呂筱卉使用術法時才會是最危險的，而且她又是在那種狀態下，用強烈的執念去使用，很容易發生危險。」
「因為她不熟悉，是嗎？」
「對，因為不知道嚴重性、不熟悉、不知道有什麼後果，不成熟的術法使用者驅策言靈，尤其是具有惡意的言靈，會造成不可挽回的後果。」
「她到底做了什麼？」
我想起失去記憶片段前看見的畫面，呂筱卉的神情，冷酷到讓人寒毛直豎。
「你也聽到了吧？她釋放了寄生靈，叫做火男的寄生靈被釋放出來了。也就是我原先預想的最壞的情況。」諸葛頓了頓，然後說：「而這要怪我，沒做好準備就那樣安排，我和石滔都太心急了。」
他強調最後一句話，讓我困惑不已，這也和石滔學長有關嗎？
「這要從頭開始解釋，你一定也還記得，衝進來前我說的，你有仔細看嗎？」

衝進來以前。

啊，是那個。

「手臂！呂筱卉的手臂，沒有你說的墨點！」我驚呼，諸葛說沒有墨點的就是火男事件的關係人。

「沒錯，呂筱卉在當時不需要經由觸覺刺激被喚醒，因為她沒有進入你們那樣的狀態，這就表示她相當清楚發生什麼事。」

「她知道火男的真面目。」

「是的，她肯定知道，而且她也一直在對何莉甄下惡毒的咒術，不過因為使用不成熟的方式，所以有部分回到她自己身上。然後在剛才，她用一句話將寄生靈澈底釋放了。」

一句話。

『祂就在妳的面前、是妳活該看見！』

「是那個嗎？」

「你想的沒錯，是那最後一句話，足以讓何莉甄陷入最危險的地方，那是一句詛咒，以語言的方式展現罷了。」

「可是為什麼？」

「在保健室你和她們單獨談話時，你還記得何莉甄突然的異樣吧？」

「我記得，然後是由呂筱卉快速處理的，她拿出了應該是何莉甄服用的藥……」說到這，有什麼卡在喉頭說不出來。

「藥！那個藥！何莉甄沒有帶任何隨身包包，也不是從口袋。」

「之前已經下過結論，因為那個藥不在何莉甄手上吧，而藥本身大概是何莉甄平時會有恐慌症的狀況，所以嚴重發作時服藥控制，呂筱卉很清楚這件事情。而且……」

諸葛的臉色陰沉，讓人不快的想法浮現。

「呂筱卉，把何莉甄的藥藏了，是為了讓她恐慌症發作？」我問，但我不敢認同這個想法的正確性。

「只有這個可能了，而且她是懷有惡意這樣做，因為那是她完成詛咒的第一步。」

諸葛面無表情，不知道談話內容的人還會以為他是在說一件稀鬆平常的事，但明明就是無法理解，為什麼有人可以做成這樣？是因為什麼恨之入骨的情緒，才必須進行詛咒？

「我還沒說完呢，阿嶼，先別擅自在心裡瞎想。」塔羅師對我說，好像已經完全看穿我的想法了似的。接著他看著我，繼續說下去：

「而她的這一個動作，也達成了原本就想要達到的目標，不過那個結果也波及到了自身，所以兩人都受到某種形式的影響。」諸葛說，此時我又有疑問。

「所以具體的影響就是，火男……」

「還記得我以前對你說過的，關於神話的產生是藉由媒介傳遞而成為神話的對吧？就連妖怪、鬼怪等神祕，都會藉由這樣的集團意識去產生，這次的『火男』就是即將成為那樣的存在，從『概念』形成『實體』。呂筱卉就是要利用這樣的方式，可是她並非要影響眾人的意識，而是只想去干擾何莉甄的意識，藉由將她的藥物藏起、然後下有火男的暗示、藉此讓何莉甄看見火男。」

我不明白。

只覺得異常，中間有什麼不見了。

「不對啊，這樣說起來，她從一開始就在對何莉甄製造火男的『幻影』，那她在選委會辦公室時不是也被攻擊了嗎？你是要說她是攻擊者的同夥，然後跟同夥一起散播關於火男的消息，這一切都是為了讓何莉甄『認為』自己看見了火男嗎？」

「沒錯。」

我立刻倒抽一口氣，以為自己的說法和理解會立即遭到諸葛駁斥或修正，沒想到他居然認同……不，不是認同，照情況看來事實就是如此。

「那麼，何莉甄所看見的火男，是假的，是被人用什麼手法所假扮的？」

聽我說到這，諸葛搖頭。

「對一部分，首先的確有人要刻意製造火男，而且呂筱卉也要讓何莉甄看見，但是，何莉甄是真的看見火男了。」

「啥？什麼跟什麼？」

「對何莉甄來說，火男是真的出現在眼前，傳送到大腦的景象。原理很簡單，就是讓她恐慌症發作就行了。」

我在自己腦海整理一下，所以說就是讓何莉甄發作原來的症狀，接著投下暗示，如此一來她就會自己看見火男嗎？所以何莉甄在當時跟諸葛對峙時才會如此激動，她肯定一直都覺得自己看見發作後的幻影，但是仍然在不知何時發作的陰影下如此恐懼。可是還是有內容我無法理解，思緒始終跟拼圖少了一塊那樣無法完整。

「她們不是朋友嗎？怎麼會搞成這樣子……」

這個問題卻讓諸葛也沉默下來，我想他不是不知道答案，就是他不知該如何說明。

「你應該已經有察覺一些蛛絲馬跡才是，就在何莉甄先前發作的當下，呂筱卉就表現出自己的動機了。仔細想想她除了拿出藥，她還做了什麼動作？」

「她……撥打電話，聽對話內容那人是一個男的。」我回想著，也只有這兩件事讓我印象深刻而已。「莫非你是說那通電話有事有蹊蹺嗎？」

「石滔私底下查過，那個接電話的男生，是何莉甄的男友。」

「什麼！」我驚了一下，原因不是那個身分，是基於這樣的人物出現而讓人產生的聯想。

「嗯，呂筱卉目的就是他，何莉甄的男友，我們學校大四的陳維瑜。」

「這是一場，感情糾葛？」我說，感覺整個腦門都在隱約作痛，太多事情的樣貌都混雜了。巫術、寄生靈、選舉、感情，簡直是一個複雜的事件大炒鍋。

「沒錯，呂筱卉為了接近陳維瑜，也忌妒何莉甄，所以想利用咒術的方式讓她虛弱，也能藉機達成拉近自己與心上人的手段。」諸葛說出這話時口吻帶了低沉的意味，而這也讓我不禁問下一個問題：

「那麼，她們剛才的爭執是？」

「是我和石滔策劃的，我們設了圈套讓陳維瑜露出自己想腳踏兩條船的馬腳，原本是想引發一場爭執，然後我們進入阻止，讓兩人身上的魔障都能夠被去除……可是我大意了，不但沒有去除那些不詳的東西，反而讓規模擴大。」

諸葛說出的話，讓我頓時間無法思考。

「你是說，剛剛的事情是，你們引發的？」

諸葛不說話，再逐漸昏暗的光照下，他有一半的面容是黑色的，與他黑色的袍裝融成一體。

「你們為了進行『驅魔』，故意揭開那兩人之間的矛盾嗎？」我聽見自己的語氣加重，好像真正的我已經飄出意識之外，取而代之的是狂亂的情緒。

諸葛仍舊不說話，是我話中帶有的指責讓他無法辯駁，還是因為這些是事實，我分辨不出來。

「你們真是夠了！我受夠了……」我說，然後站起身來，然後離開教室。

這一切，都太荒謬了，什麼夸父、什麼火男的，我搞不清楚這些東西的價值是什麼，從頭到尾我都像是被拖著走一樣。

「阿嶼。」

走出門，就看見學長在外頭，看起來石滔學長處理好那兩人的事情就回來了。只見他保持著微笑，與全黑的諸葛不一樣，他整個人都很溫暖的樣子。

「石滔學長，我……」

「我很抱歉，阿嶼，這是我的錯，是我請人打給何莉甄，假借是陳維瑜的名義說了一些事情。」

「這一切是為了什麼？」

石滔學長沉默了一陣，他眼裡有悲傷，可是我看見另一種情緒更加澎湃，那是無比的堅定。

「是為了那項跟夸父有關的作業？還是你其實只是想要解決這些事情？」

「都不是，」他說，他整個人都在夕陽下沐浴，讓他全身橘紅，彷彿正在劇烈燃燒，「是因為他們將你牽扯其中。」

「我？」石滔學長的話，迫使我在原地拉發楞。

「我無法原諒造成這些事情的人，可是我一人單方面將事情揭開是沒有意義的，我正在進行的，是要將這件事情從源頭掀起。」

石滔學長的樣子十分執著，我卻對這樣的他難以理解。

夕霞讓眼前的學長滿身橘紅，像是在燃燒的男人──我明白了。

是這樣嗎？原火男事件實際的操作方式是這樣的，可是是誰？

「學長，你跟諸葛，今天究竟是為什麼要來？」我問，而石滔學長的表情改變了，他的眼睛微微睜大了些，我也沒看過石滔學長曾有過驚訝的表情。

「為了驅除火男，讓被遮蔽的真相可以重見天日。」

「可是學長，我也在你身上，看見火男了。」我說，學長的表情這恍如被轟雷驚懾。

「你說……什麼？」

沉默良久。

「原來是這樣嗎？原來我們也被附身了，這樣就說得通了，啊……」諸葛的聲音從我身後響起，不知不覺他也走出了教室，一身漆黑的裝束也陽光底下映著橘紅之光。

「諸葛，你們也被附身的話，還有辦法嗎？」我問，不知道何時開始，我的腦海浮出想法，以及「火男」最真實的樣貌為何，我相信諸葛已經知道了。

「如果我們沒有察覺到的話就很困難，作為驅魔者還自己被附身真的挺丟臉的，但是既然已經發現的話，就有還有餘地可以轉圜。」

「好，那麼學長。」諸葛轉向對石滔學長說：「你有辦法在明天傍晚這個時間，把關係人找來嗎？一定要有那三個人，賴灼仁、何莉甄、呂筱卉，我想對你應該很容易。」

「嗯，是可以，可是諸葛，你想要做的事，不會又引發與今天類似的結果嗎？」石滔學長問，感覺他是真的很挫折。

「我們今天受到寄生靈影響，用了錯的方式，而且我們把相關的事件都分開來處置，說不定本身就錯了。」

我看見諸葛的表情，與方才截然不同，或許因為夕陽已經降下，只剩下他一身黑袍和他看來已經深思過後的眼神。

第十二章　勇氣不是憑空就能獲得

隔日。

我依照諸葛的指示，於必修課下課後的時間，去找賴灼仁，而且必須是先騎車回我家，再到上次遇見賴灼仁載我的路口等。

我問他怎麼知道，沒想到他居然已經先把賴灼仁的課表查好了，根本是預謀啊！

「隨你怎麼想囉，我們原本的劇本就是包含賴灼仁的，所以只是更動原本需要的位置，他仍然是核心。」

諸葛是這樣對我說的，我還是半信半疑。

總之我將我的機車停在家門前的巷口，然後照上次的樣子，滿頭大汗、跑得很喘、一副快要遲到的衰人大學生樣子。

並且經過上次那個路口，眼神像旁邊飄去注意賴灼仁是不是會注意到我……

「啊……」

視線突然散落，腦袋硬生生撞上了異物，前方也傳來了男生的哀號，我應該是撞到人了。

定睛一看，被我撞到的是一個男生，見狀我趕緊向對方道歉：

「抱、抱歉，我快遲到了所以沒注意看路……」

「喔，小心一點嘛！」

對方的聲音不善，卻有點耳熟，再看仔細，發現我撞上的這個人居然是認識的面孔。

「黃奔陽！」我大叫，沒想到會在這裡遇到這個人。他沒拿布條和大聲公的樣子反而沒那麼有辨識度。

「幹嘛？怎樣？你是故意撞我的吧？之前看到你跟塔羅社的神棍在一起，是想對我推銷什麼騙財的占卜嗎？」黃奔陽用輕蔑的口吻質問，讓人感到非常不快之外，我也怕跟他糾纏會誤了原本要辦的事情。

「抱歉喔，我是真的沒有看好路才會撞到的，真是抱歉，我快遲到了。」說完，拔腿就要跑，不料我從後被抓住了手臂。

「喂！等一下啊！」黃奔陽喊得很大聲，抓手的力道有點大，稍微被弄痛得我也有點火了。

「你想幹嘛，警告你不要在這裡騷擾其他學生喔！」我轉身怒瞪，只見對方一臉莫名。

「幹嘛生氣啊？你東西掉了啦！莫名其妙兇三小……」一本筆記本從黃奔陽的手中遞過來，這次我愣了下來，接過筆記本，應該是從我沒關好的書包掉出來的。

「謝謝，抱歉，我太趕時間了……」

「阿嶼！」正當我想要很尷尬地離開，前方人行道邊有人喊我的名字，第一眼就看見了賴灼仁的機車，透過安全帽的鏡片就能看見他用不善的眼神瞪我身邊的黃奔陽。

或許是誤認為是我被對方騷擾糾纏吧。

「大仁哥！」我跑過去，開口就問：「我睡過頭了，可以載我到學校嗎？拜託！」

賴灼仁沉默半晌，然後用一種「我明白了」的眼神說：

「上來吧。」

總之算是成功了，我跨上機車，稍微瞄了後方的黃奔陽，他的眼神不像是平時在演講的那個偏激統派，就是一個迷茫的一般大學生。

*

到學校後，賴灼仁用關懷的眼神拍了拍我的肩：

「如果之後他要騷擾你，就打給我，我自然有辦法對付他的。」

聞言我只能掛上一抹尬笑，知道他是在說剛才的事，然後說好，並且繼續照諸葛所交代的說：

「對了，大仁哥，我等等的課是通識，要先去拿一些器材，你能幫我嗎？我太晚到了沒辦法一次搬完。」

「喔？要幫忙的話我是沒問題啦。」對方爽快的答應了。

「感謝！那我們就走吧！」

與賴灼仁比肩朝著放置所謂器材的教室走，忍不住地觀察這個身形高大、待人和藹溫馴且願意主動幫忙的人，他真的是好人，可能也好過頭了。

「欸，大仁哥，你剛剛是看見黃奔陽，所以才願意載我的嗎？」我隨口問問。

「嘛，畢竟是認識的人，不想看見誰被奇怪的傢伙騷擾。」對方很篤定，又說：「而且你看，如果真的很急，也不會一定要去搬器材，剛剛就可以先通知同學去拿了。」

聞言我乾笑幾聲，看起來如果剛剛沒有黃奔陽出現，我很難拐到他呢。

「可是我也有可能來不及通知啊。」我不放棄地繼續問。

「哈！也是，這很難說，但你看起來就是謹慎的人啦！」

「我……是嗎？」

「至少是我的感覺。對了，」話鋒一轉，賴灼仁又回到剛才關懷的口吻：「你的那個報告怎麼樣了？」

「都還沒訪談到想要的素材。」我聳聳肩，也真的是如此，從開始進行報告到現在，我不斷捲入一些奇怪的事件當中。

「那是什麼課的報告啊？」

「神話學。」

課堂名稱讓賴灼仁「噗」地笑出來，表情也有點不敢置信。

「真的假的，我以為是社會學或歷史相關的報告才會找難容社協助，突然很好奇是什麼神話的報告？」

「呃……是夸父。」

「夸父？逐日那個？」

「對，就是那個夸父，我是接受人家推薦，覺得難容社的活動會有可以跟夸父這個故事的特質結合的內容。」我如實地陳述，作為聽者的賴灼仁不知不覺也收起玩笑的臉，思考的表情讓氣氛靜下了。

「建議你的人也是挺聰明的呢。」

「還真……真的是。」

建議我的人是石滔學長啊！還能不聰明嗎？

「你聽不懂的話，其實可以思考『夸父』本身就是一個『追求』某事物的文本符號，而我們難容社本身也追求著一些東西，我認為就跟夸父追逐的太陽一樣，很明確、也很不容易。」

這番話引起思緒的漣漪。

我們兩人已經來到一間空教室前，這間教室的鏡面是霧面，看不清裡頭有什麼，開門前一刻，我問了一句：

「大仁哥，那麼就算，狂奔到被烈日灼傷、跌落在乾涸的地面上悽慘死去，也是值得的嗎？一定要效仿夸父不可嗎？」

「我覺得值得，不顧一切去追求一個目標，就算粉身碎骨，也會讓自己沒有後悔。我會看作是一種……勇氣吧。」

在他回應的瞬間，教室門打開了。出現在門後的，是一身黑衣的諸葛，矮小的身形卻籠罩某種巨大氣場，他的手上拿著兩樣東西，一個是畫著輻射狀符號的紙片、還有上次看過的黑色錐體。

「你錯了。」

賴灼仁一陣錯愕，不知該作何反應，卻也意會到我刻意將他帶來找諸葛。

這裡其實是塔羅社社辦，就跟石滔學長告訴我的一樣，賴灼仁並不清楚其他社團的位址或是放置器材的教室、處室。

「阿嶼……你……」

未等他說完，諸葛嚴厲地打斷了賴灼仁：「你錯了，賴灼仁，從裡到外錯得離譜。」

「什麼錯了？你在說什麼。」看著眼前這名打扮神祕的塔羅師，我感覺到賴灼仁全身僵直，眼神交雜疑惑跟警惕。

「勇氣。並不是這樣的，極端卻毫無自己詮釋思考的追求，產生出的並非勇氣，是偏執、是妄求！」

只見賴灼仁全身一顫，彷彿這番話讓他從冷凍下瞬間清醒，冷回道：

「你憑什麼斷定，我的價值觀是錯的？」

「因為你對夸父的理解完全錯誤。」

「你——」

再次地，諸葛提高音量喝斥對方：

「他並不是盲目地追尋，看見了表象卻當成是奉為圭臬的寓意，簡直可悲！」

我沒看過他這樣動怒似的表情，連魁梧高大的賴灼仁都被這個全身黑的矮小男子震懾，愣在原地。半晌，賴灼仁眼神從慌亂回到一種賭氣的樣態，朝著諸葛吼去：

「那你又知道什麼？你能給出什麼答案？你倒是告訴我啊！」

「可以。」話落，扮演驅魔者的諸葛，側開了身，抬手示意我們二人都走進去，「我在這裡，用我的術法告訴你為何而錯。」

＊

當我們也進到塔羅社社辦後，看見已經坐在裡面的兩個女孩子，也就是何莉甄與呂筱卉，兩人神情黯淡，離對方有段距離。

諸葛堅持要找的阿文學姐滿臉困惑、石滔學長自然也是在的，但他身邊有個我意想不到的人，就是學生會幹部，李哲凱，正用不可一世的眼光睥睨著整個空間，我想他也會用同樣表情看完整場我們要做的事。

為什麼……他在這？

「不要多問，我是被石滔拉來的。」李哲凱一眼看穿我的疑惑，不善的語氣直接回應。讓我也點頭退了一步，石滔學長幹嘛叫他來啊……

「好了，看起來人數齊了。」諸葛說了一聲，社辦的鐵門沉沉地關上。

空間內布置了一個用礦岩灑成的鹽圈，空間的四個角落各點著燭火。

石滔學長跟阿文學姐是剛才布置的人，可是學長沒有跟阿文學姐解釋什麼，只說這可以讓一些事情被釐清。

「你來的時間比我想像中慢，路上有發生什麼事嗎？」石滔學長湊過來問。

「是沒有，就是走過來的時候跟大仁哥小聊兩句。」

「這樣啊……等事情結束，你應該也找到報告的內容了。」

「你說等諸葛把這件事情解決嗎？可是我還是沒有頭緒欸。」我一臉困惑，對上學長滿臉神祕又和煦的笑容。

「還沒呢，這邊還只是開場。」

開場？

「好，我們開始吧！」諸葛讓一切都準備就緒，安排了呂筱卉及何莉甄兩人分別站在鹽圈之外的兩側，他自己和賴灼仁在圈內。我和學長姐等算是旁觀者，在桌椅擺放的位子上看著。

氣氛比剛才更加陰森許多，諸葛冷冰冰的話語問著：

「現在我和你雙雙站在這，你應該知道這代表什麼吧？」

「我們現在正在一個受制約的封閉環境當中，為力量的漩渦中心，具有絕對的引力但外力無法侵入和影響。」賴灼仁沒有遲疑地回答，簡直和諸葛使用同一種語言在對談。

「正確，不愧是有在實踐維卡法術的人。你應該投入鑾多年的了吧。」

「為什麼如此篤定？」

「這個東西，是你交給呂筱卉的嗎？」諸葛拿起紙片，讓賴灼仁看見，對方瞥了一眼，遲疑了一陣。

「看來的確是吧。你知道這是什麼嗎？」

賴灼仁漠然地嘆口氣，開口：

「無懼之盔，北歐維京人出海時印繪在頭盔上面，以求出征時可以充滿勇氣前進的符咒。」

「你的符咒失敗了，在見到阿嶼之前，無懼之盔的符咒確實都在呂筱卉身上，可是她卻沒有增加任何勇氣，反而讓自己也被寄生靈給附身了。」諸葛將符咒交到對方的手上，空間內的燭光讓賴灼仁的表情不容易看見，可是感覺得出來他在沉思。

「我不懂，為什麼你說是我的失敗，就算真的出現寄生靈附身，又怎麼會是我的過失？」

「因為你沒有理解這個符號真正的意義。」

「……你是說，勇氣的意義嗎？」賴灼仁的手裡發出紙片被揉捏成團的聲響，咬著牙的話語宛如正在對字句進行絞刑。

「一個半吊子魔法師，危險程度是大過於寄生靈的。我在儀式的開場，要先為你們解除第一道枷鎖，我要解釋這個符號真正的意義。」

「等等！」剛剛為止都安靜不與的何莉甄說話了，不爽的上揚語調相當明顯。「你這是要跟我們講道授課嗎？不是說要解決我們的問題，我才願意和這個女人一起出現的！」

「冷靜，何莉甄，妳的問題也和這一切息息相關，請妳安靜的聽。」諸葛平板的語句冷聲斥道，女孩居然就像碰到釘子一樣安靜了。

「再來，呂筱卉，妳應該完全不懂什麼是維卡、或任何魔法系統對吧？」

「呃……我，只會看一點星盤，我知道這些東西是具有力量的，可是我並不是很理解。」

「果然是這樣，所以你只覺得這張符咒是個普通的護身符，所以開始實行『詛咒』的後期，妳將它放在選委會的辦公室，時間久了其實也忘了這個紙片的存在，對吧。」

「對，而我也一直想問，你是怎麼拿到的？我一直都壓在我位子上。」呂筱卉的回應聲顯然比其他人都冷靜與有氣勢得多，光聽聲音讓人難以想像她是一個普通的柔弱女孩。

「妳的確忘了，所以才會在火男事件後，跟著散亂的文件裡面被我撿到，不過我當時並不覺得什麼，是石滔這傢伙託我，如果有撿到異樣的東西，就交給他。」說話者是從剛剛都相當靜默的李哲凱。

「事實上，無懼之盔的符咒如果運用得當，確實是不必隨時帶著，像妳這樣壓在私人桌下也會有相當的效用，不過那是在了解其意義的當下才會有所效果。」諸葛說明，而眾人洗耳恭聽。

「任何形式的符咒、護身符都一樣，若沒有正確的觀念，反而會適得其反。無懼之盔這個符咒還有另一個名字，叫做『敬畏之盔』。它起源於冰島，維京族的戰士會配戴在額前，用於戰鬥時使敵方畏懼，並且保護自己的魔法浮印。

「在一個圓內以橫直、斜對四條直線延伸，形成八條交集且外延的線臂，八臂上各有三條橫線與樹狀末端。這是這個符咒最終的樣式，八條臂影射北歐主神奧丁的八腳神馬，意味著堅定向前；中央的圓是太陽之輪，對應八臂上那各有三條橫紋代表的索爾之錘、樹狀的末端是世界樹的根部，八條延根加上中心點，也就是穿行北歐神話中九大世界的意義。」

「知道了這樣的意義，又如何呢？這些我在書中也是讀過的。」賴灼仁辯道，明顯有些不服，卻又不是真正的表達不滿，可能他沒有像諸葛這般熟悉。

「當然有差，敬畏之盔的解讀方式可以很複雜，我只是根據你可能所學，單純從北歐神話解釋罷了，敬畏之盔還有許多變體和應用，不過那在討論範圍以外。至少知道，從你所學的流派當中，是從北歐神話的象徵去進行運作的。」

「的確是。」

「這邊『先不論』你在什麼情況下，將這個符咒交給呂筱卉好了，你應該是這樣跟她說的吧：『這是能保護你，不被詛咒影響到的符咒。』沒錯吧，呂筱卉同學？」諸葛犀利地看向旁邊，呂筱卉頓時愣了住，隨後點頭：

「呃……嗯。」

「這就是錯誤的開始，你讓一個施行、參與詛咒的人，使用具有保護作用的符咒。並且告訴對方這能使對方安心，這是你大錯中的開端！」諸葛大喝一聲，空間內所有人都僵化了。

「聽好了！施行詛咒的人如果只是為了單求一個心安而仰賴護符，最後只會把所有精神投注在上面，完全忽略自我的精神保護能力，變得仰賴外物來支撐精神——而這樣的情況相當危險。」

嘶——

室內一角的燭火被熄滅。

我聽見賴灼仁深吸了一口氣，甚至可以想像到他睜大了眼、太陽穴上冒出汗珠。

「敬畏之盔的意義結合神話，就是太陽的明確指向性、世界樹的世界性、八腳馬的力量性，三者同位結合而成的。換句話說就是『憑藉著堅定之意志與明確的力量，穿梭在九大世界任何目標當中。』

「你將其單純視為『給予勇氣』或『保護』是不周全的，一個符咒如果在施術者理解不全的狀態下被實施，就沒有正確的力量。你只理解勇氣和保護，卻完全沒有『明確之意志』，這個符文不會有你要的效用。

「你的第二大錯，就是你以為敬畏之盔是單純的保護符文，並用錯的意念轉交給他人，使這個錯誤被擴張。依賴『無懼之盔』的呂筱卉，反而在無法自我支撐的狀態下，被『罪疚感』給反噬了！」

嘶——

第二道燭火也消失了。

我想起最初看見崩潰畏懼的呂筱卉，相信他也想起來了，賴灼仁嘶啞的聲音隱含著哀鳴。

「若只有前面兩者還好，頂多就是呂筱卉沒辦法得到保護罷了。但接著，你也將勇氣的意義給失焦了。」

諸葛的厲聲是某種審判，空氣在這裡頭彷彿已經停滯，而某種像是漩渦的氣場以他們為中心劇烈流動。

「你認為勇氣是像夸父的追求，你認為盲目地向前與粉身碎骨，就是勇氣了嗎？」

罕見地，賴灼仁激動出聲反駁：

「當然不是！我知道勇氣要有代價，必須要有犧牲、謀略、規劃！所以你說我對勇氣的理解錯誤，我才無法接受！」

「那麼你的犧牲、規劃、謀略，就是利用何莉甄和呂筱卉的情感矛盾，去達成目的嗎？你帶給呂筱卉的勇氣，就是鼓舞她藏起何莉甄的身心藥物，讓她覺得這樣是『正確的』的勇氣嗎？你也讓她覺得這樣是有犧牲、規劃、謀略的勇氣嗎？」

沉默再次渲染，這回賴灼仁不再回話了，諸葛接下說道：

「夸父的勇氣從來不是一味地追尋著粉碎，祂於死後身體化作鄧林，供後來的追尋者歇息，他代表的是『開創』、『闢路』，並且留下貢獻造福後人。敬畏之盔中的太陽，與你所誤解的夸父追尋的是同一個太陽，這就是你沒搞清楚的事情。

「夸父在追尋時也曾停留下來飲用河水，祂不曾想、也懼怕讓自己喪命，但祂是直面了失去性命的危險在拚搏，面對著恐懼的勇氣，並非你那半調子的理解！

「你將勇氣含意中的責任、意志、正當性都給遺忘，也完全忘記了恐懼與勇氣的一體性，因而讓更多恐懼蔓延開來，這是你的第三個錯誤！」

嘶——

第三盞燭火也被吹熄了。

賴灼仁蹲下了身，精神狀態幾近崩潰，口裡似乎在低語著：

「夠了……夠了……」

然而，諸葛卻毫無停下來的樣子，繼續厲聲說道：

「最後，你的第四個大錯，就是以火男的身分，去進行與你的追求完全相反的行為——」

第十三章　驅使的動機不會只有一個

認知的落差，就會有謎團產生。

石滔學長是這樣告訴我的，然而我身邊現在充滿謎團，是因為資訊完全無法流通嗎？

我看著黑暗中，在僅剩一盞的燭火下，諸葛的表情已經無法得見。

「等等，諸葛，你是說大仁他就是火男嗎？那為什麼他要跟著攻擊難容社社辦？」阿文學姐提出疑問，這的確也是不合理之處，從諸葛剛才篤定的話語來說，賴灼仁就是火男的假設並不合理。

「學姊，妳搞錯了，襲擊了難容社社辦的並非火男，是為了報復火男行動而有人以相似手法為之。然後陸續偷走社辦物品的人也是，但這幾件事情既跟火男襲擊選委會有關、亦無關，甚至可以說是一種『借題發揮』。如果看作同一起事件就會倒因為果。」

此話讓眾人愣了下來，緊接著這名號稱正在驅魔的塔羅師接續說：

「接下來這個部分就很簡單了，準學生會長大人，可以代替我說明嗎？」

李哲凱突然被點到名，雖稍微愣了一下，也沒有拒絕地開了口：

「根據學籍資料，呂筱卉、何莉甄、賴灼仁三位雖然不同系所，可是他們原居住地都在同一個學區，應該也就讀過同一所地方高中。所以你應該是要說，賴灼仁一開始就知道另外兩人的關係如何。」

「沒有錯，多虧了準會長，我才能印證自己的猜想，賴灼仁在一開始就知道兩人的關係和矛盾，同時他自己身為一個無法接受林恆平參選的人，眼看著中國黨黨籍的候選人會真的當選學生議員，於是就想到了自己才剛學會的寄生靈的操作方法。」

「你怎麼知道他剛學會的？」我問，諸葛的陳述未免過於鉅細靡遺了些。

「那還要說，只有不夠了解的人會去動用一些力量來達成目的，再加上他跟石滔說過自己『剛學習』靈擺的使用方式，就是說他最近除了原先的維卡魔法之外，也開始研究了些外延的技法。」

「所以我想實際情況是這樣的吧：賴灼仁跟呂筱卉相對比較熟悉，因此你向呂筱卉提出了可以讓她奪取心上人感情的方式，但是她必須幫助你演一齣戲，也就是『火男』的戲碼。」

「不是的……」

細聲的哀鳴，從諸葛身前傳出。

「你讓呂筱卉把何莉甄的藥物藏起來，然後在何莉甄恐慌症發作的當下以火男的姿態現身，由呂筱卉將她弄暈。為求真實，她也要求你將她弄暈，所以她們才會雙雙受傷。也因為如此，何莉甄認為自己看見火男是自己藥物遺失所以恐慌症發作，不想讓任何人知道自己有身心症狀的她，才會比任何人都極力主張火男不存在。」

「原來……是這樣子嗎……我一直都在被你們騙嗎？」何莉甄顫抖的聲音在黑暗裡回響，聽來格外淒厲。

「表面上是說要幫助呂筱卉，實際上你有自己的政治目的，就是要威脅那名國民黨的學生議員參選人，林恆平。所以你也在四處放話傳說『火男』存在，在眾人心中埋下種子。接著先行準備了會被人發到社群上的布景，時間點就是阿嶼第一次去難容社社辦時的那天。」

「別再、怎麼會……你怎麼？」賴灼仁像是哀求對方別繼續說了，一邊疑惑著諸葛如何說中。

「你不是最近都穿著西裝嗎？可是我問過阿文學姐，你並不是一開始就習慣穿著正裝的時尚人士啊！那麼是從哪個時間點開始呢？沒錯！就是在林恆平宣布參選那天，你就已經開始進行布局一切機關了。」

這次換李哲凱主動插嘴了，難得看見這個人有興致的樣子，不過口氣仍然不善。

「所以是什麼樣的機關？讓人無法從監視器上看不清長相？」

「他西裝內有一件特殊格線的襯衫，我想阿嶼也看過，那一看就知道是特殊縫製的，機關就藏在那種格線當中，但為什麼不單穿襯衫就好了呢？因為要用西裝外套來遮蓋特定時間時襯衫的樣子。」

「石滔學長，動作吧！」

唰——

室內原本的黑暗剎那間被整層的熾白籠罩，面對陽光的窗簾被完全拉開，風壓同時讓室內的蠟燭被吹滅。

現在這個時間點的陽光剛好照射進來，光線在此角度下落在了賴灼仁身上，這時我們都看見了：

是火男，火男現身了！

*

在桌前的他接起電話，這一切的發展都很順利，中間名為火男的插曲正好能夠讓自己得到發揮空間。

充裕的時間、充裕的手段、囊袋裡面的東西都還夠多。

也有幾個自願來上門的人，會主動幫自己做足宣傳，如果這些事情都備足，自己要如何穩固都不是問題了。

電話響起，是過去幾天都有打過來的號碼：

「喂？您好，好啊，當然，我很樂意見面。」

「啊，不會不會，可以互相幫忙也不錯啊，你們的理念我也蠻認同，可以聊聊也好啊！」

「那就說定了，就跟上次一樣的地方就可以了，對了，上次的事情也謝謝，不過可能必須讓你們把東西復原了喔。」

「好的好的，那之後見。」

掛上電話，政治這件事情，有時候不只有人際關係的角力拉扯，必要時使用些幻術來達成目的，也能夠天衣無縫。

當然，他確信自己不能走在危路上，必要的修復是要做的，這一切都是為了日後追求的目標吧。

*

布簾拉開以後，除了諸葛之外的眾人都愣在原地。

畫面瞬時變得不再真實，襯衫上細密的紋線折射著這一角度的光芒，讓賴灼仁的身上充滿著火一樣的折射光，黑色的西裝褲上也像是染滿了陽光的顏色。稍微站遠點就可能看成他全身著火的樣子。

至此，火男之謎的真相似乎已經解開了……

「啊——」同時間，女孩的尖叫聲響徹整個空間。

「怎麼了？」眾人被突如其來的尖叫聲給驚動，一致地轉頭，尖叫的人是呂筱卉。

「不要！走開！不要過來！我不是故意的！真的……不是我——」

「筱卉！妳怎麼了？喂！」何莉甄上前試圖攙扶住整個人都跌落再地的女孩，可是對方看似腿軟，雙臂卻有力地胡亂揮舞，並且朝著遠離賴灼仁的方向掙扎後退。

「火男現身了。」石滔學長低聲說道。

呂筱卉不斷揮舞著雙手，兩眼失焦地尖叫，賴灼仁的表情變得扭曲且痛苦，然而諸葛仍然站在原地。

「賴灼仁，你不能動，要是動了後果不堪設想。阿文學姐，麻煩妳幫忙帶她到我面前，好嗎？」

「喔，好！」阿文學姐快速地跑上前，與何莉甄一同扶起失神驚慌的少女。李哲凱和石滔學長協助將窗簾稍微拉起，使光線不再那麼強烈。

「賴灼仁，你看清楚這女孩的樣子，這就是一個人施行詛咒後，卻沒有任何心靈上的加護會發生的事情。你犯下的第四個錯，就是根本不該將她捲入這起事件，在場的人當中，呂筱卉才是受到火男最深傷害的那一位。」

「那該怎麼辦？我要怎麼……怎麼做才對？」賴灼仁此時已經跟著跌坐在地，狼狽不堪地看著諸葛，希冀自己得到一絲的救贖。

「唉，這個工作真的吃力不討好。」諸葛長嘆了口氣，然後將手上黑色的錐狀擺墜晃了幾下，從剛剛他就拿在手上，我還以為他沒有要使用。

「請把被附身者安置在椅子上。」

此時的呂筱卉不再尖叫，可是卻處於某種恍惚的狀態了。

「因為火男的直接現身，讓本來就心裡有魔障的她產生強烈刺激，因而變得歇斯底里。反而是已經知道真相的何莉甄，處於穩定的狀態。」李哲凱口裡念念有詞地分析。

只見諸葛還在鹽圈之內，而坐在椅子上的呂筱卉在鹽圈之外，占卜者伸出垂掛靈擺的那隻手臂，平舉到女孩面前。

「呂筱卉小姐，請借我一隻手好嗎？」

他的喚聲很輕盈，空間裡有種幽靜的氛圍有別於剛才的緊繃。

呂筱卉也有所反應，一手搭在諸葛垂著靈擺的手。

「現在回答我的問題。只需要說是或不是就好——」

所有人都看著，諸葛會怎麼做。

「賴灼仁和你從小就認識嗎？」

「是的。」

「賴灼仁是從高三開始學一些魔法的東西嗎？」

「是的。」

「妳有問他為什麼要學嗎？」

「有。」

連續的三個題目，我還是看不出他想幹嘛，但是還在旁邊的賴灼仁卻有一副看起來很難受的表情。

「他回答妳是因為興趣，對嗎？」

「是的。」

「他知道妳愛上陳維瑜了嗎？」

「是的……」

這一次，呂筱卉的回答明顯遲疑。

「如果這個事件裡面，有誰是愛妳的，那麼這個靈擺就會開始旋轉——」

女孩看似失神的雙眸，逐漸聚焦在靈擺的黑色椎體上，然後這枚擺墜逐漸以及小幅度晃動、緩慢地，變成轉圈地形式。她看著這個錐體轉動的樣態，身子逐漸發抖，並傳到手上。

靈擺旋轉晃動的幅度加大了。

「維哥愛我嗎？」

「不愛。」諸葛斬釘截鐵地答覆，甚至不給一點空隙。

靈擺的旋轉加快，更如漩渦般，逐漸集中起呂筱卉的意識。

「灼仁，是為了我去學這些的嗎？」

「是的。」

「灼仁，他愛我嗎？」

擦——旋轉中的擺墜被一隻大手給接住，淚珠墜落在木紋地板的聲音異常響亮，呂筱卉抬頭，與賴灼仁四目對視。

「是的。」賴灼仁說。「筱卉，我很抱歉。」

「灼仁……我也很抱歉。」

諸葛收起靈擺，這件事情應該要算是結束了，我從這個緊繃的氣氛完全舒緩下感覺到，這名塔羅師又長嘆了口疲累的氣。

「好神奇的能力，他居然讓呂筱卉逐漸聚焦在當下的情緒上了。」阿文學姐發出不可思議的聲音，不要說學姊，我看了也起雞皮疙瘩。

「諸葛的表現真精彩呢！要是我絕對做不到的。」石滔學長冒出頭來，輕輕鼓掌喝采，諸葛瞪了他一眼，好像現在所有疲累都是對方的錯一樣。

「我以後再也不接你委託，放學後你會收到我開的發票。」

「那麼，火男被驅除了嗎？」我問向石滔學長，仍然對剛才發生的一連串事件有所疑惑。

「在他們的身上的已經驅除了，可是事情仍然還沒結束。」

「還沒嗎？」我驚。

「仍然有許多事情沒解決，因為火男的傳說已經傳開了，如果放任不管，它就會在人心裡實際『存在』。認知只要有落差，就會產生謎團，謎團本身就像是空隙，會讓人詮釋跟利用。」

「我先說，接下來的事情已經不在我可以管轄的範圍了。」諸葛兩手一攤，聽他的口氣好似想放長假一樣。

兩人的對話讓我聽得似懂非懂，應該是看見我又擺出疑惑臉了，諸葛用疲累又不耐的眼神瞪我：

「你忘了嗎？還是你不知道？這週是什麼日子？」

什麼？

「他應該是真的不知道啦！別兇阿嶼，這邊的事情已經讓他很苦惱了呢！」石滔學長雖然出言溫柔，可是卻有種把我當笨蛋的戲謔感。

真的不必這樣啊，學長。

「這週是學生議會選舉最後的宣傳週喔，過了這週就不能再拉票了，任何團體都不行。」阿文學姐簡短地對我說明。

「是這週!?」我驚訝，原來我已經忘了時間。

「沒錯，」李哲凱也開口，兩手還在胸前，看起來仍在思考著什麼，「這個時間點，另一條線也會慢慢的收線了，不……應該說，這一週內一定會有動作的。」

動作？什麼意思？

「阿嶼。」石滔學長喚了我一聲，用他招牌的笑容，看起來像是在賣萌那樣的瞇瞇眼。

「學長，怎麼了嗎？」

「你還記得我們上次討論的選票箱的問題嗎？」他問。

呃……記得，得出的結論是沒人拿走。

「賴灼仁同學你當天進到選委會辦公室，一定沒看到目標的選票箱對吧。」學長又轉去問賴灼仁，對方漠然地點點頭：

「嗯，沒有，完全找不到那個投票箱。所以我才會直接離開，因為陽光的角度有時間限制，超過時間我就會被監視器拍到。」賴灼仁的回答也解釋了為什麼沒有拍攝到投票箱被運走的畫面，所以學長說的沒錯，投票箱一開始就不在。

「跟我想得一樣，如果是這樣，那麼那個箱子應該就快出現了……」

「會長！」塔羅社辦的門板被粗魯打開，白T和黑褲，長直的黑髮有部分因為汗水而貼在臉蛋上，衝進來的是選務委員孟璇。

「怎麼了？怎麼這麼狼狽？」李哲凱皺起眉看著這位認真的同學，發現事情有異。

「那個遺失的選票箱，還回來了！」

「呵……」聞言，準學生會長冷冷一笑，腦海似乎已經得到許多推論與盤算。

「那麼是誰拿來的？」

「是學生議員的參選者，林恆平。」

第十四章　正義不是不擇手段的藉口

我們一群人到達現場，直看見穿著選舉背心的在野黨籍議員候選人，大喇喇地和他的團隊一起，站在選委會辦公室前方接受校園記者的採訪。

「對大家很不好意思的是，因為本人的團隊有料想到可能有人會藉故破壞，所以我們經過商議後，請管理器材的同學將原選票箱先暫時安放，而沒有搬運到選委會辦公室。」

學生記者拿著收音麥克風，口齒清晰地追問：

「那麼這件事情為什麼沒有事先跟學生會、選委會等單位進行通知或協調呢？這樣獨斷的作法難道不會違反程序正義嗎？」

問題算是尖銳，可是林恆平沒有遲疑，不慌不忙地回應：

「我們當然考慮過這個問題，但是我所希望的選舉需要公平、正義的事情必須要有人保護，當我真的覺得該做的時候發現來不及先做協調，也害怕說先讓其他單位知道會造成想破壞的人聽到風聲。」至此，他頓了頓，熟稔地露出微笑：

「當然，若真有懲處或是要取消我的參選資格，恆平是都欣然接受的。」

我也聽見在我一旁的李哲凱冷哼一聲，嘴裡念著「真是會說話」之類的酸諷。

接著林恆平開始長篇大論，他看起來神采奕奕，自信則暗藏在謙卑嚴肅的表情底下，該說這是一種……王者風範？或者是天生就有政治操作者的資質呢？

「林恆平參選人。」從我們這些零星的圍觀者之中，有人大聲喊了林恆平，定睛一看，是阿文學姐。

「你是，難容社的幹部，對吧？」連同校園記者在內，眾人的目光突然轉移具焦在學姊身上。

「是的，我無法認同你的作法。」直截了當，阿文學姐毫不客氣地向對方說道：「你剛剛說你是為了保護正義的事情，這一點我完全無法苟同。」

圍觀的聲音開始鼓譟。

「喔？妳是想說，我沒有在保護正義嗎？還是妳也認同製造火男事件的主嫌呢？」

只見阿文學姐鎮定地搖了搖頭。

「我完全無法認同所謂的『火男』，就如同候選人您之前也說過：不能讓恐懼去支配人心。但是你自作主張將選票箱藏起來的方式，我也無法認同。」

「但是就結果來說不是很簡單的事情嗎？就是我們候選人的行動保護了學生民主，即使有點不符合程序，可是『看結果』卻是好的，這難道不夠嗎？」林恆平身邊的幕僚人員插嘴，一臉看不起阿文學姐的樣子與口吻。

學姊還未回話，林恆平又接著開口：

「我其實並沒有要反對這位難容社同學的意思，妳說的沒錯，我其實一開始就不該這樣做，但是我們必須選擇做對的事。所以我也說過我會承擔選擇的後果，哪怕是讓我無法繼續進行選舉。」

「你……」阿文學姐一時無法回話，聲音顫抖，我感覺好像是有東西噎在喉頭。

「好了，學姊，別跟他說了。」孟璇上前拉了拉阿文學姐，眾人的喧嘩聲開始滾雪球一樣地加大，在這樣下去是無法討論的。

「走吧。」我看見她露出一瞬間的喪氣，馬上撇過頭離開現場，甚至不讓我們追上。

「欸，阿文學姐！」追上去的是孟璇，我在原地看著快速離開的學姊身影發楞，直到李哲凱點了點我的肩頭。

「走了。」

「啥？走去哪？」我一臉懵，李哲凱似乎強忍白眼，指著已經走一段路在等我跟上的石滔學長和諸葛。看起來是要回塔羅社的樣子。

「喔……喔。」

「雖然這是我預料中的事情，不過林恆平比我想像中還要讓人火大。」

拋下這句話，李哲凱向著反方向離開，我還以為他要跟我們一起去塔羅社社辦，可能是還有其他學生會事務吧。

「阿嶼，快走啦！」石滔學長出聲喊了我。

離開以前我回頭瞧了一眼，那個身穿選舉背心的男孩，看起來有種說不出的異樣感，但我也說不上來。

＊

她追在對方身後，同時感覺到自己束成馬尾的髮在奔跑中拍擊自己的背部，追著一頭長髮的學姊。

「學姊！」

當然，奔跑的理由很明顯，因為不甘心，也因為無法釋懷。

那些一心相信的事物贏不了立場相對的人，這對每個有信念的人而言都是無比痛苦的。是自己技不如人，無法拿出好的論述，被眾人當作理虧的一方。

阿文邊跑邊想剛才在選委會辦公室那場跟林恆平的對話，想到對方就要用一臉得逞的表情看待自己，讓自己作嘔的挫敗感就會襲上胸口。

「阿文學姊！」孟璇再次喊了聲，這次對方停了下來。而她也終於能趕上，氣喘吁吁地搭上學姊的肩膀。

「抱歉，我就想跑一下。」阿文無力地把兩手撐在膝上，其實比身邊的孟璇更喘。「我真的，無法接受那些人的想法，如果只是要報復，那我、難容社所做的努力還算什麼？」

「心裡很不甘吧？我能理解。」孟璇輕輕地說，這句話，阿文反而答不上來。

作為學姊，她也太不夠成熟了吧？為什麼讓小一屆的學妹來安慰自己呢？於是想了想，她也不知道該說什麼化解現在像是尷尬的狀況。

「孟璇，不好意思，我不夠……」成熟、懂事、穩重？該說什麼來形容自己好呢？

「不夠快嗎？學姊你如果跑再快一點，我可能要騎車才追得上你了啊！」話沒說完，剛跟著阿文跑過整條校舍騎樓的少女，接了句不可思議的話，垂掛在背後的馬尾隨意地左右擺動，呈現一個跟剛剛氣氛相違的呆萌畫面。

「呃，不是啦……我沒有要那麼快。」對喔，她忘了孟璇是個比較樂天的人，太認真的話頓時也說不出口了。

「學姊，其實換作是我，我也會跑掉的啦，那個林恆平太過囂張，的確很氣人。」話鋒一轉，孟璇又用笑容安慰了一句。

一時間阿文也感覺身上的鈍重感減輕不少，還沒等到那句「謝謝」的開口，這學妹又突然開口：

「欸！阿文學姊，那個人……」

孟璇手指向阿文後方，她們正好來到了難容社社辦附近，在社辦後門一側的隔壁還有一個桌遊社，就在前方而已。但是在那裡卻看見平時不會出現的人物，探頭探腦的往桌遊社的社辦裡頭看，就像是在找什麼人一樣。

他怎麼會在這裡？

「黃奔陽？」

*

事隔幾天，呂筱卉向校方自首自己是火男事件的主導人，並說明是借題發揮的感情糾葛事件，賴灼仁在這期間並沒有出面說明，外界學生除了沸沸揚揚宣傳這是一起「選委會內部成員因感情糾葛影響選舉」的事件。

這個衍伸結論讓人很納悶，在我看來就是為了讓輿論不要影響到難容社而為，至於為什麼呂筱卉願意這樣做呢？我想是因為罪疚感的緣故。

「其實很奇怪，我以為大仁哥會反對這樣做的，阿文學姐感覺也不會這樣要求。」我和石滔學長坐在學生餐廳裡面，手機螢幕的社群畫面正好滑到校版上有人發出評論。

「你覺得這個決定是誰主導的呢？」

「我不認識難容社其他成員啊……莫非是呂筱卉自己提出的嗎？」我偏頭，將盤裡的焗烤千層麵切開，鮮紅的醬汁跟著起司混雜在一起，橘紅的顏色相當美味。

「喔？」學長打趣地看著我。

「我只是很替阿文學姐他們擔心，那天跟林恆平交鋒，肯定會讓社團遭到一些攻擊吧。如果大仁哥就是火男的消息傳出去，那肯定會讓輿論更加激烈。」

「是這樣沒錯。」學長笑得很輕鬆，天知道他腦海裡又想了些什麼呢。

「看來石滔說你很駑鈍，不是說假的。」

突然間，李哲凱的聲音從我後方傳來，還來不及轉頭確認，那名準學生會長就繞過我身後，在石滔學長身邊坐了下來。

「呦！哲凱，你也會吃午餐啊？」石滔學長笑咪咪地，用愉悅口吻說，可是怎麼聽都像在酸對方……

學長，這樣好嗎？李哲凱看起來超兇的啊！

「我又不是鬼也不是石頭。」沒想到擺著臭臉的準學生會長只有簡單回嘴，然後就啃起了餐盤裡的自助餐。

「真不好玩呢……肚子餓的哲凱還真的完全不會想回嘴，哈哈——」

這次的李哲凱完全沒有回應，就是靜靜吃他的午餐。

「學長，你們認識很久了喔？」我開口問道。

「嗯啊，哲凱從小學就跟我同班，他非常聰明喔！都可以考到班上前三名。」石滔學長的表情像是媽媽在炫耀孩子在班上考了一百分那樣的興奮浮誇，但我貌似看見李哲凱的臭臉上又多了幾條青筋。

「老是考第一名的人這樣子炫耀，小心被人蓋布袋。」

「哎呀好可怕，哲凱不要這樣嘛！你會被人家叫做臭臉會長的喔！」

這段對話我是越聽越緊張，也大概摸清這兩人是什麼關係，甚至很佩服石滔學長敢這樣逗李哲凱，簡直就是在逗弄進食中的猛虎一樣，下一秒可能變成盤中肉，還能如此一臉從容。

不過想了想，李哲凱若是老虎，石滔學長大概就是極度聰明的訓獸師了。

「不過剛剛哲凱會長是不是說我學弟駑鈍，要不要跟他說明一下啊？」石滔學長笑盈盈地，拍拍快要吃飽的李哲凱。

「你來說就行了吧？我怕我發火拿我的午餐砸人。」

經過一段讓人冷汗直冒的溝通後，李哲凱繼續清空他的餐盤，石滔學長嘿嘿嘿地笑了下，才開口：

「阿嶼你剛剛問不知道是誰主導的，那個答案就近在眼前喔。」

咦？

欸!!!

難道是!!

「是他嗎？」我指著李哲凱，嘴巴都忘了要闔起來了。

「叮咚叮咚——」石滔學長笑得可樂了，還自帶音效。

「為什麼會長要這樣做，沒想到你也不希望難容社遭到攻擊欸……」

聽到我說的話，李哲凱放下餐具，瞧了我一眼後淡然地說：

「難容社怎麼樣本來就不關我的事，我會這樣做是因為不想讓林恆平氣焰太囂張罷了。」

「唔？怎麼說啊？」說我沒有慧根也罷，我就是聽不懂啊！

「這也要我解釋？好吧，看在我吃飽了，大發慈悲跟你說說，這件事情背後運作的邏輯在哪。」李哲凱的眼神突然緩和，大概是真的吃飽了，不像剛才那樣兇神惡煞，但是說話的口吻也比剛剛更高傲些。

「林恆平預料到會有人前去將選票箱給破壞，因為自己的黨員身分參選，所以他利用這種情勢，將選票箱藏起來，目的就是為了在這個最後宣傳自己的時機點拿出來，有像大眾邀功的意味。」

「嗯，這我有看出來。」我點頭。「我不懂的是，為什麼讓讓呂筱卉出來承認會是削弱林恆平的方式呢？」

「很簡單，今天他的演出，就是做為一個預料到自己將被政治性報復的參選者，但如果呂筱卉出面說明是因為感情糾葛而借題發揮，就會跟政治報復扯不上太大的關係。」

「啊！這樣啊！」我懂了，確實如此，可是……

「沒錯，這樣他將選票箱先行移走的行為，就會從他自己說的『早有料到』掉價成『剛好矇中』，這兩者的聲量肯定是有差別的。」

「嗯，對，你這麼說……沒錯啦。」

見我反應，李哲凱反倒又皺起了眉頭：

「有什麼意見嗎？」

「呃……我還是覺得有點奇怪。」我說，李哲凱的眉心所的更深了些。

「哪個部分？」

「就是，萬一林恆平不是用預料的，而是『知道這件事情必然發生』呢？」

李哲凱沉默不語，眼神乍像正在思考各種可能性。半晌，他終於用不爽的口氣開了口，只是他針對的人是石滔學長。

「嘖……你叫我來一起吃飯，是因為這件事？」

「被發現啦？」學長依舊笑著，對著這個從小就認識的高傲男生，那抹笑容相當頑皮。

所以，李哲凱會來跟我們吃飯不是偶然，仔細想想，這話題也是石滔學長挑起的。

「哪件事啊？」我又問。這次李哲凱又瞟了我一眼，才說：

「就是『選委會辦公室會遭到政治性報復的攻擊』這件事情，並非一個預料，而是必定發生的事件。你如果仔細去想想剛剛自己提出的問題，答案就呼之欲出了，而且也跟你們沒查完的真相有點關聯。」

我們沒查完的……事情？

「諸葛不是已經找出火男是誰了嗎？」

「不對呦，阿嶼。」石滔學長帶著笑的口吻回應了我，「諸葛受我之託找出火男的初始真身，這件事情是完成了沒錯。可是別人拜託我的事情我還沒完成呢。你忘啦？」

對了，一樣是難容社的事情，東西還沒有找到。

可是怎麼又會跟李哲凱說的事情有關呢？

「那我就先回去了，你這樣子讓很多事情必須從頭開始查起。」臭臉會長端起餐盤就要起身，還不忘拋下一個隨時想巴我的眼神。

我怎麼了嗎？

「不至於啦，有些事情看前幾天得出的脈絡就好，不是嗎？」石滔學長笑著應答。

「哼。」

第十五章　時間不是線性上的單點論述

隨著時間的推進，又過了幾天的時間，學生選舉的時間已經近了，我神話課上台報告……不是，是上台受死的時間也近了。

報告進度百分之五十，大概就是簡報架構先完成，可是具體內容跟脈絡有缺陷，我想要將政治的狂熱與夸父的追求做連結，用比喻的方式來完成這場報告，可是怎麼去寫，我都感覺到自己少了什麼。

翻開我為了報告而寫的筆記，一翻開我還是看見了那段話：

「我們的現實就是日常的生活，不會有超出常理的事件。」

我確實這幾天經歷了不太像日常的事情啊，可是按照學長的說法，這並非超出常理，也確實如此，每一個環節都有著某些原因在背後環環相扣。

凡存在，必定合理嗎？

那一個下午，我必須想辦法將報告內容完成，於是人便出現在塔羅社辦上，諸葛也抱著腦袋，想辦法幫我生出點像樣的內容。

「你這東西好煩喔！到底為什麼要弄這個主題啊……雖然我答應了。」他敲打鍵盤，速度之快，也快速搜索了一切可以用的資料。

才一個小時，他就將數十份從國家圖書館網站找到的論文給我，從民俗學、社會學、政治學等相關的資料都有，龐大的資料量讓我的電腦一時之間無法運轉。

「這些都拿去參考，記得不要照抄，會被老師給殺掉的。」

「你怎麼找得到這麼多啊？」我的電腦還在龜速下載，眾多的ＰＤＦ檔讓下載欄填得滿滿的。

「學校的信箱帳號是可以連上各學術機構的網站下載論文的，你不會要說之前都不知道吧？」諸葛又用那一臉看智障的表情看過來。

雖然不想承認，但我真的不知道啊……

「欸！阿嶼！」塔羅社的大門突然之間被打開，一個女孩探頭進來，就衝著我喊聲，那是學生會的孟璇。表情驚惶，不知所措的樣子讓人有不好的預感。

「難容社的東西，出現了！被人放在操場上。」

＊

群眾彷彿就是為了鼓噪而存在，七嘴八舌在評論和臆測，不過我也覺得奇怪，東西出現了，就讓難容社拿走就好，為什麼孟璇會說現場變得很混亂？

「你們這些自導自演的側翼！」

「同學請你把大聲公放下，不要對著人近距離吼！」

「你們這些假借社團活動名義的暴民才不要靠近，這些東西就是證據！根本就是你們自導自演，想要製造東西被偷的假象！」

在群眾圍觀的狀態下，黃奔陽等復興社成員，拿著大聲公朝著人群播送演講，這原本應該是這幫人在學校大樓廣場的光景，如今照搬到操場上來，他們的身旁有幾張椅子，上面顯眼的擺放難容社的旗幟、布條、畫像等物品。

不少人都拿著手機在錄影，可是黃奔陽等人絲毫不畏，反而像是因為有著鏡頭，想要盡情表現。

「我可不是你們這種人，我們也想要知道是誰把東西藏起來又放在操場上，會幹這種惡作劇的人也太無聊了吧？」在最前面回應的是阿文學姐，正氣凌然地對著對手持擴音裝置的一夥人，其他難容社的成員看來都沒這膽量，而且大仁哥也不在現場。

「孟璇，怎麼會變這樣？」諸葛對這情況雖說冷靜，卻也難掩那個驚訝的樣子，想必大家都沒料到會發生這種離奇事。

「我也不知道啊，東西聽說今天早上就被放在那，也可能是昨天放學後，可能是不確定為什麼要放吧……沒有同學主動跟難容社說，然後復興社那些人就來了，難容社到場時為了拿回這些東西還有面對他們的指控，就變現在這樣。」

好像很棘手，首先我們不知道東西是為什麼會出現在那裡，然後又遭到一群很麻煩的人給纏上。

「而且……」沒想到孟璇的話還沒說完，「那邊的東西聽說不是全部，難容社被偷走的東西還有些不在那，這是社員跟我說的，所以大家都很苦惱想要先拿回那些東西，再想辦法抓到人。」

現在一切問題感覺都出在復興社啊……

真讓人無奈，苦思的同時復興社透過擴音器大聲咆嘯的聲音又傳來：

「各位同學看清楚！這就是打著民主、轉型正義等名號招搖撞騙的社團！現在還想要用栽贓的方式去影響學生選舉，他們口口聲聲的民主，難道就是這樣嗎？」

聽到這裡，已經有幾個社員要克制不住了，見狀我趕緊衝上前攔住其中一人。

「不要衝動，他是刻意要激怒你們的，讓教官室的人來處理。」

「好啊！就讓教官來評斷啊，到時我要你們全部都被調查！」黃奔陽氣焰正盛，衝著我喊道。

正當我要勸說其他想要衝上去的社員時，孟璇低調嬌小的身影衝到前方，跟阿文學姐比肩面對黃奔陽：

「你不要太過分了！」

「學生會的？你們也要包庇難容社？我就知道！你們都是共犯！串通好製造一齣假戲——」

「我看東西根本是你動手偷的吧！前幾天我有看見你在難容社社辦附近徘徊，像在確認什麼時間不會有人一樣，根本就是算準社員不在的時間，然後把你們偷走的東西移到這裡。」孟璇的話讓全場靜默下來，原本議論紛紛的，突然間視線轉而注目原本還大聲的黃奔陽等人。

「妳……妳有什麼證據！說看到我了！蛤？汙衊！全都是在——」

「當然有。」

黃奔陽激動的反駁又被打斷，這次的聲音來自人群。所有人聞聲而退，恰如紅海分離成海牆，從人群中走出的，是一臉不善的野獸，李哲凱。

「我已經調閱過監視錄影，難容社社辦的問題之所以難解決，是因為他們社辦後門出口有死角，但是你們復興社從自己的大本營通到難容社，必定不會經過那個後門死角，換言之，我們確實可以看見你連續好幾天都在難容社附近徘徊的影像。」

這一席話讓黃奔陽啞口無言，不過我越想越不對。

「不對啊，會長，如果是這樣，那麼東西都到哪去了？他們如果把東西搬到復興社，那麼會被拍到的吧？」

「從死角拿就好了，不是嗎？」李哲凱相當篤定，「趁著早上的上課人潮潛入，從那個死角進行，藏到相反方向，然後不回社辦直接去某堂課上課。然後隨著下課人潮出現不被懷疑，所以監視器沒有拍到確切人影，我們只要確認黃奔陽的課表……」

不對……不是這樣……這是錯誤的猜測！

「不對！」有人大聲反駁，我聽見了，回過神來才發現是我。李哲凱的眼神這時危險的瞇起看我，我趕緊解釋：

「呃……你說的那個時間他不在學校，我有遇過黃奔陽，他應該是還沒有課的，而且……」對，遇到他那時是下午，「……是星期四，東西失竊的時間也是星期四，同一天的話，不會是他偷的。」

整個操場都安靜了，像是草原上瞬間停止的狂風，反而令人感到可怖無比，我只聽見自己引擎一般的心跳聲。

微微抬頭，除了驚訝的表情以外，李哲凱卻沒有不爽的樣子，沉默的空氣也在下一秒就被打破：

「就說嘛！你們這些綠蛆都只會用些不切實際的事證來抹黑！妖言惑眾！下賤的東西！」

「注意你的用詞！這是公然侮辱！」

「來告我啊！不是最自豪我們是言論自由的國家了嗎？要打壓我的言論就來啊！我就會成為統派的鄭南榕——」

「你鬧夠了沒！」說時遲那時快，只見阿文學姐率先衝上去，黃奔陽手上的擴音器被大力甩開，重擊在紅土操場的地面上，力道之大，機械零件噴了出來。

阿文學姐背對著我們看不見表情，面對著復興社的成員們，卻沒有一個人敢再說任何一句話，包含黃奔陽。

「都住手。」李哲凱擋到兩方中間，「孟璇，妳先帶阿文離開。」

被衝突場面嚇楞的孟璇此時回過神來，趕緊攙扶住阿文學姐，我們依然看不見剛才爆氣的她現在該是什麼表情，只覺得接下來她每一步都很沉重。

「東西放在這裡也會占用公共空間，麻煩你們讓物主帶回去，今天還要投票，請你們保持最後一點該有的素養。」拋下一句冰冷的話，李哲凱看了一眼黃奔陽，隨後難容社的其他社員保持沉默去收拾那些意外出現的遺失物。

復興社的成員，沒有再進行任何動作。

*

學姊暴怒將黃奔陽擴音器摔爛的影片不到中午就在校內外的社群傳開，有人支持、有人認為這是暴力解決、也有人開始對雙方批判。

一時間校內又傳出了什麼火男將難容社遺失物找回的怪談式說法，即便這是小規模的，小眾的人相信著的，不過卻真真實實存在於人心當中。

我想起學長說的，他只是解開火男的起源，卻沒有真正將這個傳說拔除。

接著，我收到了石滔學長的訊息：

『來學生會辦公室。』

而這些事情都在一個早上內發生，而我帶著許多疑問，來到學生會辦公室。

一進門，看見石滔學長悠然自在的表情，跟李哲凱緊皺著能夾死蒼蠅的眉頭形成對比。畫面不是很特別，可是衝突感確確實實讓我感受到緊張，也不知道為什麼我會被突然叫來，只是突然想起稍早我出言反駁了李哲凱的話……

難道，我要在這裡被殺掉，石滔學長是來幫我收屍的嗎？

「午安啊阿嶼。」

「我們就單刀直入吧，謝恩嶼學弟。」

兩人同時向我看來，像是一笑一怒的劇場面具，同時盯到我心裡發寒，讓人忍不住打了哆嗦。

「等等等等！要、要殺要剮、先讓我打電話跟家人道別好嗎？」擠出最後一點勇氣，我一開口就讓兩人愣了住。換來的反應是石滔學長笑得更開心，李哲凱白了我一眼。

「哈哈哈哈哈哈——」

「你笑屁笑，這笨蛋是你學弟欸，你居然跟我說這傢伙是解開謎團的關鍵？開我玩笑嗎？虧我還多少相信。」李哲凱瞪了抱頭大笑的石滔學長，後者還沒馬上停下，笑著踉蹌走來拍拍我肩膀，像在表揚我成功逗笑了他。

「呃……所以不是哲凱會長要幹掉我？」

「當然不是啊哈哈，哲凱沒有看起來那麼兇啦！」石滔學長拉張椅子讓我坐下，他自己倚著辦公桌的桌緣。

「是石滔說，你看過火男真面目，就在你上次昏倒那次。」我有看見？昏倒那次？

「看阿嶼的表情大概是忘了吧，不過我可記得喔，也是那次的事情才讓我感覺到『這個不處理不行』的。」石滔學長笑咪咪的，我依稀可以感覺他是在說上次闖入難容社辦公室的人，但衝到案發現場我就立刻昏倒了。

「不是啊！學長你說的那次，我不是立刻昏倒了嗎？」我發出疑惑，腦袋旋即閃過了影子，被忽略的細節像在水面淨空後才上浮的枝葉。

「啊！對！我有看見有人正從窗戶爬走，穿著橘色卡奇褲，可是後面就都沒了。不過那個人不是賴灼仁嗎？」

「不，不是，他有表示過那一次不是他，我覺得也可以相信，因為沒有足夠動機。」

「居然……」也就是說，還有另一個「火男」。

「不過你們知道消息趕過去，都已經是案發過了，怎麼還看到人跑走？」李哲凱提出問題，這我也感到不合理。

「可能回來拿東西嗎？例如有重要物品掉落，所以趕緊來拿走。」

「真要說不是不可能，但是我覺得哪裡怪怪的。」

正當我和李哲凱一來一往的討論，石滔學長的聲音又打破我們陷入的死胡同。

「你們是不是想得太複雜了？那個人破壞辦公室的人說不定一開始就還待在裡頭，而且他肯定很清楚難容社的人員何時會出現和不在，就算突然出現人來發現，他也有把握不會超過一人。」

「我不太懂。」我說，「學長說的假設是都成立的，可是為什麼他把握的『目擊者不會超過一人』？」

「好問題，那個通知我們的人是阿文，但是阿文在那個時段沒有課，看課表就可以知道了，可是她有一些專題報告會固定在那個時間開會。她可能會提早結束到社辦去，而且其他成員在那個時間也是有課或有其他事情的。」

我懂了……

「所以說，兇手直接掌握了難容社成員的動向，然後在那個時間點去破壞社辦，那麼，難容社第二次失竊呢？」總共失竊兩次的難容社，攝影機都拍不到任何東西、社辦都沒有任何人。

「應該是同一個人。」石滔學長說得斬釘截鐵。

李哲凱聞言，突然知道了什麼似的，拿起手機快速傳送了訊息，其後抬頭直勾勾看著我：

「你再說一次，你在什麼時間點看見黃奔陽了？」

「蛤？」

「快說！」

「是在……下午時間。」

「難怪！」碰地拍桌，李哲凱好像已經掌握了什麼，兩眼專注又急切：「你說他那時沒課，確實完全沒有，他當天下午都沒有課。」

咦？什麼？

「既然他沒有課，那沒什麼好奇怪的……吧？」

「你看到他的那天，復興社根本沒有相關活動，你沒注意到嗎？那一天都沒有復興社煩人的演講，可是你卻說看見黃奔陽下午要來學校？然後就是，在他沒有課的時間點，他在難容社和桌遊社外的走廊被發現了。」

「桌遊社？」桌遊社在難容社旁邊嗎？我沒注意過。

「對喔，就在同一條走廊上，隔一面牆，而且為了避免兩個社團的人走錯門，相鄰的門是封起來的。」石滔學長補充，帶著愉快的表情一腳一步走到房內的零食櫃邊，拿出一包乖乖就打開來，他一派輕鬆說道：

「如果去調閱當時的錄影，我們應該能看見黃奔陽在那天也是去了桌遊社。」

李哲凱低頭察看手機，確認著一條條訊息——

「確定了，沒錯，是他。」

「什麼？是誰？先說為什麼是桌遊社給我聽好不？」兩人說話的節奏交錯在一起，讓我感到有些疲勞轟炸。

只見李哲凱眼神發亮，黑色的眸子裡銳利且不爽的兇光乍現，叫人想要馬上尖叫逃跑。

「林恆平就是桌遊社的人，他只要沒事都會待在桌遊社社辦。」

所以——

「黃奔陽，是去找他的。」

第十六章　存在不是被認知就能有意義

我用疑惑的眼光瞟向李哲凱，用眼神回應他做出的結論。

「黃奔陽去桌遊社社辦是為了找林恆平。」他又重複了一次。

所以阿文學姐跟孟璇看見黃奔陽那時在難容社外，事實上黃奔陽並不是要找難容社，而是要去桌遊社看林恆平是否在那。

「等等，我還有問題。」我小心地舉手，這次反倒是石滔學長睜大眼睛轉來盯著我瞧。

「你還發現什麼就說吧，阿嶼。」

「就是，那個時間點黃奔陽去找林恆平，他卻不在社辦，如果他的課表也沒課，那他會在哪裡？」

李哲凱想也沒想，就應道：

「應該是在跑拉票行程吧，這隨便想想就知道了。」

「可是如果他去跑選舉行程，黃奔陽會不知道嗎？為什麼還要特地去桌遊社社辦找他？」

空氣頓時在問題中凝結，我們的對話框像是塊狀的雲體，匯聚成謎樣的問號。

「看來得去找林恆平問個清楚了，對吧。」石滔學長站了起來，眼看起就是要直奔去找林恆平，不過這個動作卻被突然打開的門板給打斷——

「這件事，讓我去處理好嗎？」出現在門後的，是阿文學姐。

「你確定嗎？阿文？」石滔學長保持著笑容，那眼神簡直是慈母叮嚀即將出外冒險的孩子那樣。

「你們應該還有事情吧，而且社團的東西只找回了一些，還有下落不明的部分、火男事件也沒有真正解決掉。」阿文學姐的表情理所當然，用眼光掃視了我們三個男的。

「不過妳上次不是輸給他了？這次沒問題？」勾起微笑的李哲凱口吻略為挑釁，然而出乎我意料的，阿文學姐沒有不以為意的樣子出現。反而像在呼應那般，掛上一抹自信說：

「所以，我這次要雪恥。」

*

於是我們將計畫擬定好，必須在傍晚投票結束前，讓林恆平到達真正的「事發現場」，這件事情就讓阿文學姐處理了。我們現在要去找到黃奔陽。

「學長，火男的事情會不會就這樣無法結束？」

我和石滔學長在空蕩的騎樓走廊有目的性地漫步，李哲凱無聲地跟在後方，不知道為什麼，學長的眼光總是帶著篤定，能讓人驅散不安，產生的依賴卻又如此飄忽，跟那個總是在笑、又不知道笑是什麼意思的嘴角弧度一樣。

「你是說，你覺得火男已經在人心中形成了嗎？」

我有些猶疑不定：「照你們的說法，這樣的『靈』已經形成了，有人開始相信甚至有人聲稱拍到照片。」

想起發在社群上的照片，話說回來，有人知道發文的人是誰嗎？為什麼沒有人去找那個發出火男相關貼文的人？

「你應該是在想照片的事情，對吧？」我思考的神情一秒被看穿，不過石滔學長似乎也都知道了內情。

「喔，嗯。」

「阿嶼先把你原本要說的說完吧，我想這才是關鍵。」

轉身，我茫然對向石滔學長清澈的眼神，他的眼神堅信且鎮定，相較之下我感覺自己是岔路上的羔羊，頭昏腦脹的在石子路上重複踩踏，踢躂踢躂對著沒有路標的地平線感到無盡困惑。

『這是恆卦，你要持之以恆，你即將面對紛亂的局面，要明哲保身，只有堅守原本的信念和立場，不可以輕易放棄信念，否則事將不成。』

諸葛先前為我卜了卦，他的話在我耳邊，鏗鏘有力的提醒，好像這其中有什麼很重要的事情是我忽略的。

至今為止諸葛跟石滔學長都給了我許多關於寄生靈的觀念，要把寄生靈去除，就要從源頭開始。我整理思緒，試圖將事件的時間完整陳述：

「首先是賴灼仁等人的糾葛，火男這件事情，賴灼仁身上衣服的材質會讓視覺產生發光的效果，這是其中的機關。」

「而賴灼仁利用這個機會，夾帶著私心，闖入選委會辦公室。」

「這就是第一段火男始末，而在他搗亂選委會辦公室後，火男的照片才開始廣為流傳在學生的社群之間。」

「但這不是賴灼仁一開始的目的，他只是要威脅林恆平，可是創造出『火男』這名詞的並不是他。」

對，不是，我之所以確定，是在更早以前，就似乎在社群上看見過類似的言論。

「然後難容社遭竊，我看見了火男，在那之後學長你……委託了諸葛對嗎？是因為我受到波及，所以你才決定插手的？」

石滔學長正在看我，笑著不說話。

「火男是更早以前的校園傳說，大概是早期有人為了嚇難容社才創造的，不過當時的迴響並不大。」石滔學長說話的語氣像在對什麼值得迷戀的事物深吻，然而這不是告白，我很清楚他不需要告白。

「所以有人利用老傳說跟新事件，創造了最新的都市傳說，就是這個『選舉時出現的火男』，而攻擊難容社的是『舊的火男』，是這樣對嗎？」我問，但我幾乎可以確定是如此了。

「沒錯。」

「那麼，火男之所以會出現在難容社，一開始就不是同一個事件了，那是比選舉的火男要謀劃更久的東西，所以——」

沒錯，難容社的轉型正義活動，才是「舊火男」的目的。

而這個舊的火男，才是長久寄生在校園當中，針對難容社而來的寄生靈。

我翻開手機的，找到社群上的那張照片，先前沒有發現的細節在想通以後就開始浮現——校舍的位置一樣、東西的擺放、布條的樣式、細節的物品，只有林恆平那方公布出的新照片是在選舉紅布條旁邊拍攝，一些陳設明顯不同。

也就是說這些大部分都是舊照，只有一張照片是仿先前去照出來的。

可以看出前後照相的手法是同一人，但是卻不知道誰待在學校如此的久。

「那麼我所看見的火男……」

「不是真的，而是反對難容社的人，一開始就策劃好的，你看見的卡其褲則是找到他們唯一的線索。」石滔學長勾起微笑，含著危險的眼光，繼續緩步向前。

「順帶一提，阿嶼那時之所以會暈過去，是因為你眼睛視線死角的問題，當時現場凌亂、你又全力衝刺，缺氧跟視線的模糊造成你頭暈目眩。」他頓了頓，笑道：

「但你還是看到了，現在所有線索都連貫起來了，你能夠拼湊出你當時看見的人影。」

學長的聲音柔而細緻，催眠般引導著我的記憶。

對，我有看見，繞了一大圈，學長就是為了說我是有看見的，為什麼要這麼大費周章呢？是因為薛丁格的貓嗎？因為必須有人看見，否則火男既是存在又是不存在，就屬於疊加狀態的樣子了。

所以我必須想起來，否則火男就跟史記裡的圯上老人一樣，僅有口耳相傳，沒有人看見其真貌——

火男不是密封箱中的貓。

火男在那個房間內。

散亂的地面。

暈眩。

紙張。

橘紅色的褲管——不對，那是卡其色的，那橘紅色的是什麼？

喀！

摔到了地上的東西，我想起阿文學姐衝上前，將那東西摔碎。

橘紅色的大聲公。

是黃奔陽。

*

心急如焚，只能在一落落的桌游邊來回踱步，林恆平的焦躁絲毫沒有隱藏的袒露在臉上，屬於他的座位上躺著他選舉時的背帶跟螢光背心。

如意算盤打錯了，但從來不至於會錯得如此離譜吧？

所謂東窗事發，稍早競選團隊的人來告知，居然有人去祕密告發自己，還有錄音，就那一句被錄了下來，到底是誰？

「幹……我不能就這樣輸了！」

手掌大力的拍桌，抓起那選舉背帶以及背心，現在出發應該還能攔截到一些對自己不利的事證，只要有那個的話——

「林恆平同學，我正要找你。」

出現在面前的，是隔壁難容社的社員，也是前幾天在媒體面前交手過的女同學。見狀，林恆平立即在臉上掛起慣常的選舉笑容。

「阿文同學，我正要趕去辦事，現在沒空陪您辯論喔。」

「我也不是來找你辯論的。」

阿文一秒將對方的話給堵回去，林恆平首次感覺到對方手上握有些什麼，來意不單純。

「你想來威脅我嗎？」

「威脅？」阿文愣了愣，怎麼這就變成威脅了？

「這是在裝傻嗎？如果妳已經掌握了什麼，才會來找的吧，別裝了，要什麼條件直接開啊！」學生議員參選者的音量加大不少，表情也跟著猙獰，這嚇到了阿文，也不是原本會預想到的發展。

「不曉得你是有什麼誤會，我會來這裡是因為要告訴你，我知道黃奔陽一直在找你，卻三番兩次的撲空，對吧？」

聞言，林恆平的眼神先是一呆，然後放出某種詭異的笑。那種情緒像是放心，也帶有鄙夷意味。

「那是他自己笨吧？哈哈，一直吵著要我給他做選民服務，真的煩死了，誰要一直服務那種白癡啊！」

阿文眉頭緊緊鎖著，眼前這名人物絕對不適合從事政治，她馬上就確定了，不過還是忍不住說上兩句：

「他是跟你的黨派相同理念的支持者，再怎麼樣你都不該私下這樣說的，不是嗎？」

「哈！就算是又怎麼樣？我對他們那一票笨蛋再差，他們都會把票投給我，這種人最後只會被社會宰割，盲從的傢伙就是羔羊，想要坐在上面就要刮他們的肉、用他們墊腳，你這種偽善的獨派憤青肯定不會懂！」

話至此，阿文也不想浪費力氣在這塊跟對方有所爭辯，只好把自己原本要說的話接續：

「你在黃奔陽去找你的時間沒有課，但他也沒有主動去你拜票的地點，表示他知道你沒有選舉行程。而他選擇在桌遊社社辦徘徊等你，不是你的競選團隊據點，請問這是為什麼呢？」

這問題看似平板無害，林恆平本來是不做多想要回應，怎料腦海裡閃過比方才的狀況還要危險的想法——

不對。

現在回答的話，就中圈套了。

「我不知道妳在說什麼。」林恆平一字一句地清楚回應。

「不，你知道！你是跟黃奔陽約在這裡的，可是你有事情必須去處理，所以離開了對吧，而且三番兩次地去。」

他的太陽穴冒著汗珠，阿文銳利的眼神彷彿會割破手上的選舉背帶跟背心，逼得自己在真相的太陽面前赤裸，林恆平沉默無與且嘴唇發顫。

如果，如果「那個人」被知道的話，他就不妙了。

林恆平倒抽好幾口氣，思索著解決自己困窘的作法。

不行，對方知道了，這女的，將讓自己陷入——

「你約好黃奔陽在這裡見面，根本不是選民服務，對吧？」

阿文的話硬生生將林恆平的思緒打斷，頓時間像是當機了一般，候選人說不出一句話。

「看來我說中了，你是主謀，而且利用了復興社，對吧！」

林恆平感到內心有一陣狂喜，因為對方的重點根本不痛不癢，只要輕輕迴避就可以了啊！

「哈！我根本不知道妳在說什麼——」

他的話都還沒說完，校內廣播的鈴聲突兀地響起，而在這個突如其來的廣播，播出了不尋常的內容。

是一個眾人所熟悉的聲音說的：

『你幫我，我幫你，我只要當選，就想辦法讓你們社團可以成為正式社團，如何？』

『嗯，好，我事情辦完該去哪找你？』

『到桌遊社吧，反正我都在。』

短短三句話的錄音，廣播結束，校內不少人都感到疑惑，也有人認出那兩個聲音，都是這幾個月來校內很常能夠聽見的兩人的聲音。

「那是……你跟黃奔陽的聲音？」阿文不敢置信地瞪大眼睛，她原本想用說服的方式讓對方接受談判，沒想到這則廣播成了一則鐵證。

「幹！為什麼會被廣播出來！」

林恆平瞬間爆氣，他根本不知道這東西會被送去廣播，到底是誰做的？

「不行，我要走了！根本沒空跟你們耗！」

話一落就是要奪門而出，阿文想要拉住，可是林恆平表現的又急又氣，整張臉脹紅不已，跟他在媒體面前接受採訪時判若兩人。

「林恆平！我要你跟我們去操場，難容社有許多事情要問你！」抓住對方衣角，阿文感受到對方的急切，現在放走他恐怕就沒機會了。

「幹！老子沒空！」這名戴眼鏡看似斯文的學生議員候選人，臉紅的像是火焰，齜牙咧嘴，滿頭的汗水，像極了口渴中狂奔的跑者。只見他轉身就要揮掌把阿文給拍掉，手舉到高點，卻又動彈不得。

「你最好過去。」一個矮小穿黑袍的男子忽然出現在社辦門口，扣住那隻要動粗的手掌。

諸葛的眼神厲氣滿溢，原本在暴怒當中的林恆平也被震懾，氣勢少了大半。

「寄生靈的產生會伴隨犧牲者，你不想要背負一個祭品的命，最好跟阿文學姐一起到操場去。」

「開什麼玩笑啊！裝神弄鬼！」林恆平破口大罵，指著矮自己一顆頭的諸葛吼道：「江湖術士！神棍！搞這些東西，你比那些憤青還不如，我呸！幹！垃圾神棍！」

完全沒將這些罵聲放在耳邊的諸葛冷笑一聲，嘴唇輕輕地湊到那暴怒的學生議員候選人耳邊呢喃了幾句。

剎那，像是被施展了凍結時間的咒語，林恆平原本還通紅的臉色居然迅速刷白，兩手無力地垂下。

諸葛滿意地笑笑，隨後馬上轉向，對著還一臉懵的學姊急說道：

「阿文學姐，你快帶他去吧，不然就危險了，那則廣播會造成不小的風波！」

「什、什麼?!」

阿文也沒多加思索，拉上林恆平，就往操場跑去。

＊

桌遊社辦空無一人，僅留下還身穿黑袍的諸葛，他一臉肅穆地環顧四周，尋找著遺落的東西。

那個寄生靈的主事者，還停留著。

「嗡——嗡——」

小型機械產出的微小震動聲，彷彿是石子掉到水面的漣漪那樣，緩慢地擴散。

諸葛翻找桌遊社的抽屜，在林恆平的桌底下找到一支舊式按鍵手機，製造出聲響的正是它。

有人來電。

無號碼。

「喂？」諸葛接起。

『看來他失敗了，真可惜，呵呵呵呵。』話筒對向傳來幾句不明就裡的話，接著斷了通訊。

占卜師深深皺起眉頭，瞪著那支手機的螢幕，心裡的不安仍然懸浮在那。

「真麻煩。」

第十七章　眼耳所聞未必是真物

那個侵入難容社辦的火男是黃奔陽，記憶全然地轉為清晰，從學姊摔碎的橘紅色擴音器作為連結，真相已經浮現了。

「那個『舊的火男』是黃奔陽，這一切都是為了打擊難容社的操作！」身體內彷彿有某種意識被尖刺戳醒。

「看來是如此。」有人說話，我分不清是石滔學長或是不知從什麼時間點跟上我們的李哲凱，此時的其他人物都看來如此麻木，只有我腦海中冒出的人影讓人感到激動。

渾身滾燙，血液隨著腎上腺素的飆升沸騰。

是他，真的是他，一種不快的情緒佔據思考迴路，從內到外都冒著火焰，我好像又成為了火男，想要立即狂奔——

這些風波都是為了他自己的政治立場嗎？因為反對其他人的意識形態就能恣意傷害他人？我想起阿文學姐以及其他社員，一再因為這些事件而受到的傷害。

對我而言，那樣的行為不可饒恕。

我要，去找那個傢伙。

所有的動作頓時都變得毫不經腦，不論是朝大門跑去、轉開門把、重重的推開，甚至是咬牙切齒地向前方瞪視。

「阿嶼，等一——」石滔學長似乎要喊住我，卻因為某件事情而被打斷了。

這時效內傳出廣播，有兩個說話的聲音，其中一個是黃奔陽，而另一個我也曾聽了不少遍：

『你幫我，我幫你，我只要當選，就想辦法讓你們社團可以成為正式社團，如何？』

『嗯，好，我事情辦完該去哪找你？』

『到桌遊社吧，反正我都在。』

這段廣播結束，思緒又變得一片空白。

「喂？剛剛的廣播是怎麼回事？」沒有時差地，廣播結束李哲凱便立即拿起手機，對著話筒就是一陣質問，從表情看得出這個錄音是超出他掌握的事情。

被這廣播聲一擾，剛才激昂的情緒，像是解除附身般地消散，反而是困惑正在盤旋。

回過神來，我看見石滔學長，罕見地收斂起笑容，只是睜大那對閃著光的眼眸子，面無任何表情，他彷彿從這段錄音掌握到比其他人更多的東西。

半晌，李哲凱將掛上電話，臉色凝重說道：「不知道是誰幹的，廣播室似乎是被人預設要撥放這段音檔，負責的人也不知情。」

「這時間……哲凱，復興社的人是不是今天原本要在行政大樓前面的操場進行演講？」石滔學長突兀地問。

「對……」李哲凱的臉色在回答後的直接翻黑，如果世界上真的有惡兆，剛才的廣播或許就是一種吧，石滔學長立即動身。

「我們現在趕過去，要快！」

*

當我們一接近，就聽見了衝突的聲音。

兩方人馬又出現在操場上，同樣是難容社與復興社，與越來越多圍觀的群眾，他們都聽見了剛才的廣播，正在演講中的黃奔陽聲音馬上就被認出，早就看不慣他們的同學群起譏諷。

而這樣的態勢也在難容社出現後越演越烈——

「你們還想怎樣？那段錄音已經證明了你和林恆平串通好，要不要快點招認！」

「不用跟他們說那麼多啦！直接報警，告他們偷竊！」

「媽的你們這種垃圾快點滾出校園啦！」

罵聲此起彼落，那些原本聲勢浩大的復興社成員，一個個被逼退，人群沒有出口，他們像是受到圍困的弱小雛鳥那樣越靠越緊。黃奔陽手持著擴音器，試圖辯駁些什麼：

「那、那段錄音並不是……」

「不是什麼？還想狡辯嗎？」人群裡的聲音絲毫沒打算聽解釋，手持擴音設備的黃奔陽成了眾矢之的。

「我看就是你們把難容社的東西偷走，然後再放到操場上的吧？」

「噁心！為了一個意識形態居然可以偷人東西。」

「報警啦！」

從人群裡面看去，言語化作各種方塊，用力地向箭靶拋去，黃奔陽站在那哩，手握著的器具顫抖，我能看見他手臂爆著筋，捏緊著心中那一把理智也即將斷裂。

「煩不煩啊！」他拿著擴音器大吼，全場的鼓譟一瞬之間消逝，像是遭到狂風吹襲的火勢。

「這就是你們口中的民主跟言論自由嗎？

「剛才的那段錄音到底證明了什麼！

「你們就這樣來把我們圍住，算什麼民主！算什麼自由！你們和自己口中的極權有什麼兩樣？」

一字一句都比以往他賣力的演講要大聲，可是這次卻沒有任何人聽見他的聲音。

人群在這段狂飆下只顯得更加不滿與輕蔑，聲音從細瑣到漸大，又將無法控制，我彷彿看見了圍觀火刑台的景象，黃奔陽正全身著火，一群人不論有理無理的都在唾罵——

那也是火男，那也是……如果不阻止的話，真的會像諸葛說的那樣，必定產生獻祭的祭品。成為祭品的人就是黃奔陽，我突然明白那通錄音的用意，就是為了讓黃奔陽成為犧牲者，要讓他站上火刑台！

必須、必須阻止，我想要開口，聲音卻哽在喉頭，心跳前所未有地打動全身。說不出口。

同時，卻有另一個聲音，就在我的身旁，他穿透了這場火刑的濃煙：

「各位，可以先安靜聽我說句話嗎？」

清靈，飽滿，就跟他的眼睛一樣，時時看透了一切，他說的話讓全場鴉雀無聲。

「難容社剩下那些丟失的東西，都在屋頂對吧？」

所有的目光這時全數移向石滔學長。

「你……你怎麼知道？」黃奔陽結巴地問。

石滔學長環顧了四周，篤定地開口：

「偷東西的並不是你們，這點可以確定。」

他的表情很輕鬆，所有人都抱著疑惑的眼神，時而對看，又時而困惑。包括我，我不了解，如果黃奔陽就是闖入的火男，那麼東西不是他們偷的嗎？

「至於我為什麼知道，很簡單，你時常去那個屋頂演講，而且有別人也知道，對嗎？」

黃奔陽的眼神從原本的警戒，變得驚訝、恐懼。

沒有人知道這些話是真是假，卻從他的眼中理解到學長確實說中了什麼。

「等等，石滔，我們原本不是已經確定了，謝恩嶼看到黃奔陽從難容社被搗毀的現場逃脫嗎？」出言質問的是李哲凱，這話一出，不少人都被混淆了，我也一樣，難道我想錯了？學長不是要我說出兇手就是黃奔陽嗎？

「我可從沒說偷走東西的就是黃奔陽喔，哲凱。」只見學長幽然一笑，轉頭衝著我眨了眨眼，「我只是要讓阿嶼想起自己看見了誰，不過黃奔陽確實有到過難容社的社辦，可是那不是為了偷東西。

「仔細想就知道了，阿文發現後跑來通知我們，表示在我們趕去前就已經是一團亂，阿嶼趕到時看見了黃奔陽的身影，不過就只能證明他看到了來到現場又匆匆離去的黃奔陽，不代表他是第一時間的兇手。」

李哲凱愣了下來，學長的話像是詭辯，卻有其邏輯存在。

「我們所看見的、聽見的，都不一定為真，這不就是我們討論火男事件的時候，不斷在強調的嗎？」石滔學長的話語營造出某種結界，比諸葛還要強大，讓在場所有人既是演員又是觀眾。虛與實，真與假，在這裡不具有意義，因為一切都疊合在一起，最終呈現出疊加的樣貌。

我們全都在薛丁格的箱子裡頭。

「那他為什麼要過去？他知道難容社遺失物在哪又是怎麼回事？剛才的錄音是什麼意思？」人們有許多疑問，在這個場域內，什麼樣的問號都有實體，然而問題的實體會是讓人毀滅的寄生靈、還是指引明路的燈火？

「這三個問題，必須從剛才那個錄音來解釋，我原本也還沒想通，卻在廣播後完全理解了。」石滔學長話至此，卻突然打住，目光看著人群的一端。

所有人的焦點再次轉移，有兩人從校舍中走過來，是阿文學姐，還有一臉凝重的林恆平。

「讓他來解釋吧。」阿文學姐說，然後理所當然地讓林恆平站在解釋者的位置上。

「那通錄音的對話，是在難容社遭人搗亂後發生的，我告訴黃奔陽，幫助我當選的方式，就是栽贓事情給難容社。」林恆平吞了吞口水，現場的的視線逐漸壓迫。「我知道他會去難容社，並且看見已經被破壞的社辦後會不知道該怎麼辦，然後倉皇逃走，這是計算好的，如果他被看見就會被當成兇手。」

「所以……你早就知道了？」黃奔陽顫抖的唇片無力地問，面色如鐵，一步一步朝著林恆平的方向走。接著學長的聲音響起：

「接著，你應該是這樣告訴黃奔陽的吧：『我發現難容社的東西在屋頂上，你只要把東西拿去歸還，就可以藉機指控難容社操弄恐懼跟輿論，這有助於勝選，也能讓社團成立更順遂。』對吧？」

畫面還原到那個桌遊社的社辦，彷彿看見了立社心切的黃奔陽，與別有盤算的林恆平隔著桌邊對話，檯面上擺放遊戲用的棋子，在參選人面前，一個想成立社團有政治想法的人，也是一顆好使的棋。

林恆平放棄似地仰頭，鏡片反射的陽光，遮蔽了他的表情，只見那嘴角微彎，自嘲式地說：

「我是說了類似的話沒錯，我也是真的要他去歸還東西，只是沒想到他會這樣搞，挑早上這種時間，當然會被發現、當然會變成一場直接在操場展開的鬧劇。」

我想起那個，在路上撿起我筆記本，要歸還給我的黃奔陽，而這個男人也正以顫抖的身體探詢答案：

「那麼……那些東西是誰偷的？真的是你發現在頂樓的嗎？」

我其實從來，沒有去理解過對方是什麼樣的為人。

「呵，」林恆平輕蔑地冷笑，「你真的以為只有你知道通往頂樓的隱密樓梯在哪嗎？要不是現在搞成這樣，我也不必跳出來承認——沒錯，是我利用『火男』傳說，這個傳聞一開始就是要針對難容社的，我利用選舉造成的事件，把難容社搗的一團亂，就是希望你們兩個社團互咬，而我可以操作議題來當選。

「我先將難容社搗毀，利用那個隱密的樓梯，將偷走的東西放在頂樓，之後讓黃奔陽在桌遊社辦找到我，這時候我只要跟他說去難容社放火男的照片，就可以成功騙他去當替罪羊了！」

「無恥。」李哲凱滿臉不屑，撇過頭甚至不想正眼看林恆平，石滔接著說：

「你做的，只是讓復興社的社員去引起注意，然後難容社的人自然會去做聯想。如果順利的話，衝突和對立就能形成推動政治立場的漣漪。」石滔靜靜地冷笑。

「是的。哈！誰知道他連替罪羊都當不好？」林恆平滿臉嘲諷，絲毫不避諱著所有人慍怒的眼光。

「你只是利用了努力追求自己信仰的黃奔陽，完成自己想完成的事。你只要從中動些手腳，復興社自然會承擔所有責任了，對吧？」

林恆平沒有正面回應，反倒自顧自地說：

「操場的後方有通往校舍上方的樓梯，這條通往樓梯的小路因為一些原因，現在架著鐵絲網，周圍雜草叢生無法通行。」黃奔陽經常會到頂樓大聲廣播，他可以從頂樓透過這個樓梯連通到難容社辦的後方，這也就是他侵入難容社的路徑。林恆平自然也知道這個方式。

突然一陣音樂伴隨手機震動響起，聲音來自黃奔陽的包包，推測可能是鬧鈴的聲音，音量不小，歌曲是《殘酷天使的行動綱領》，似乎是這個男人很喜歡的一首曲子。

音樂飄盪在空氣之中，我有著不好的預感，彷彿這首歌是不祥的開關，事件的真相算是出來了。接著石滔學長說道：

「這樣的事件，雖然對黃奔陽同學很不好意思，不過也不是都沒有任何收穫。你應該有感受到被當作政治工具利用的感覺吧？」

那瞬間，黃奔陽的身體在夕陽下，一片通紅染在他的身上，他撕裂了空氣狂怒的吼：

「說什麼鬼！我就是反對這些人口中的什麼轉型正義！這些東西不能當飯吃啊！不懂得感恩先人的功績，整天只想政治鬥爭，現在你們還把我說得像是一個做錯事的人？今天林議員做的事情比我們還有策略，若是我原本就知道，我就直接和他合作，不會讓這些事只有這樣而已！」

「你是說為了反對，你有可能會去當他人的棋子、偷別人的東西嗎？」

「我只是想要祖國復興啊！怎麼可以讓這些人背祖成功呢！就算真的是我偷了你們的破東

西，那這事情也是天經地義！」

「但是我們現在仍然在用同一套法律，而你所說的行為早就違反了你在遵從的國家法律不是嗎？如果你還有點道德常識的話，知道『偷竊是錯誤的』應該是身為一個現代人該有的價值觀吧。」

「人如果抓狂了！別說偷竊！殺人都有可能啊！你們這些背祖忘義的分裂份子，怎麼可能理解我抱持著多崇高的理想？」

「那你現在，就殺了我啊。」

石滔學長丟了一把美工刀給黃奔陽，對方愣了半晌，接過了刀子，此時我們的心頭一驚。

「我就是違背你的信仰堅持，試圖推翻你相信事物的背義份子！來啊！除掉我啊！」

學長他，正直且認真。黃奔陽盯著刀子，眼神越發狂亂，他在思考，他也正在衡量。

信仰的意義是什麼？

對和錯，又是什麼？

答案就像是薛丁格的貓，沒有被觀測到，呈現沒有辦法陳述的疊加態。

「喂！白癡！不要幹傻事，我沒叫你這麼做，不要！」林恆平喊道，然後他試圖要阻止黃奔陽拿刀。

「阿嶼，先抓好那個議員！」石滔學長一聲喝令，我不禁出手將那名學生議員給攔住，但是嘴上也出口喊道：

「學長！你要幹嘛啊？不要做危險的事！」

「來啊，現出你的原型！為你的信仰，刺向我啊！」石滔學長朝黃奔陽大吼，像是在念誦召喚神靈的祈咒。

「啊啊啊啊——」

刀子掉在地上，伴隨著青年的哀嚎哭喊聲。

而學長的表情始終平靜。

「你看，即便是信仰，你也不會為了它而殺人，你自己心裡也很清楚，你相信著的那些沒那麼偉大。」學長口吻像在安撫，可是對方卻看起來越發無法接受。

「不可能……」

我這時知道石滔學長的用意何在，他知道這個人還有救、還可以重新開始。

「不可能……」

我們聽見低語，黃奔陽卻猛然抬起頭，他的眼神向著上空，沒有看見我們般地專注。我注意到這種眼神，卻無法判斷那代表什麼，不過在我身邊的阿文學姐卻率先知曉，並且急切地出口喊著警告聲：

「快攔住他！」

他開始向後跑。

黃奔陽開始奔跑，他直接奔向操場後方，被鐵網封鎖的區塊。那個地方，如果硬要過的話會被許多鐵絲、銳利的樹叢給割傷。

但是這男人就是朝著那奔去，不顧一切地，而那裡是往頂樓的通道。

一路狂奔，我們在後方追了起來，我就衝在最前頭，跟著他繞過去，看他強行穿越尖銳的鐵絲區，一路上我們喊著他的名字：

「黃奔陽！快停下！」

他的目標很明確，在屋頂。

*

黃奔陽身上的衣服被鐵絲勾得破爛不堪，上半身幾乎已經剩下赤膊；下身的短褲沾著淤泥、同樣被鐵絲勾地破爛。皮膚上的傷痕清晰可見，他朝著屋頂的方向瘋狂衝刺，什麼人都攔不住他——

難容社的物品就被放置在一旁，獨自安靜地躺著。

「黃奔陽！別跑了！停下！」

那面旗幟，鮮紅的紅、深藍的中間有顆白日。布料上的日輪遮罩住傍晚的夕陽，那種迷醉的光線讓一切都呈現金黃。金黃的風、閃耀的空氣、白日像是真的太陽一樣在黃奔陽的面前展開。

他的瞳眸對焦在上頭，就像是個醉漢般晃著身子，呆望了屋頂上的旗幟好幾秒，而我們在趕上他、看見這幅景象都沒來得及反應過來。

他又開始奔跑了——

「黃同學！不要過去！」校內教官從大樓底下高喊，舉著大聲公喊出的聲音異常模糊，像是被稀釋在大風之中。

那一刻我看見了，黃奔陽向後看了我們一眼，他的眼裡沒有迷惑和徬徨。只有滿滿地信仰。

他撲身向前，朝著國旗的藍天白日撲近。

夸父彷彿在這一個瞬間，終於趕上了太陽，信仰讓他不顧烈日焚身，支離破碎的身體載著被侵蝕到極致的魂魄。

是夸父、亦是火男，疊合在一起，就成了黃奔陽。

他抱著旗幟，在狂風裡——

下墜。

尾聲　夸父

拖著鞋底，我滿懷沮喪且戰戰兢兢走下講台，神話學的陸教授臉色凝重，臉上看不出情緒，我覺得她的凝重或許是因為恐懼的心理在作祟。

我終於完成報告了，而且沒有被當著全班的面洗臉，教授頂多問一兩個無關痛癢的問題，可能是因為有諸葛的幫助，我的報告內容豐富也不失邏輯，結合民俗學與政治，講述神話如何起源與在文學中的現代隱喻什麼的。

台下同學聽得入神，結束的剎那還有掌聲，至於教授的反應，就像我說的，她面無表情。

「同學要記得今天放學前將報告寄到助教的信箱，換下一組上台吧。」

陸教授平淡地說，也沒有對內容有任何評論，所以就真的結束了。

這一場報告，身為協助者的諸葛也有來旁聽，當下他用平常那種看笨蛋的鄙視表情對我說：

「我很怕你把我辛苦的結晶給搞砸了，所以特地來鎮場。」

雖然聽了很想翻白眼，事後轉念一想，我確實安心了不少，諸葛的舉動或許是某種以他意義上來說的「祝禱」儀式也說不定，不過我仍然無法完全搞清楚他那些神祕事宜的運行方法，他也無意透漏太多。

「終於結束了！」矮子占卜師發出伸懶腰的嘆息聲，等我收拾物品一起離開教室。

「午餐，我請你吃吧？」我提議，畢竟是這傢伙幫忙的，他跟石滔學長真的幫很大的忙呢。

「嗯？你不去嗎？」諸葛皺眉看我，我則是腦子當機三秒鐘。

啊幹！我腦子抽風了，我們跟石滔學長有約！

*

學長的住處遠離市區，聽說他跟家人一起住，那件事情過後他一直都把自己關在家裡，聽別人轉述，他希望可以靜養一段時間再回學校。

天空隨著我們搭的交通車而變化移動，從水泥叢林逐漸多出山綠，路途中我們時不時地聊：

「欸，你覺得學長沒事吧？」

「不知道，他是個很少自責的人，那天的狀況他其實做了正確的判斷。要讓寄生靈澈底附身的黃奔陽醒來，他的方式最直接有效，不過副作用太大了。」

黃奔陽在那個時候衝向國旗上的白日圖像，抱著旗布墜了下去，他落地的位置是一片草叢，大大降低了衝擊，不過他仍然陷入昏迷，很有可能成為植物人。

他的身體因為演講的長時間曝曬與劇烈奔跑而脫水，當時的景象彷彿是綠樹要從他身上長出，讓人想起夸父最後化作了那片鄧林。

成為夸父而下墜的人來自很一般的傳統保守家庭，一家人政治立場都相同，聽完事情原委，他的家人都感到非常驚訝，從沒想過這男孩會因為政治而失去理智。

他的父母在當下沒有說出任何一句難聽的話，也可能是石滔學長的誠懇跟背後操控者林恆平表現出的傲慢當作佐證的緣故（當時有被側錄）。之後怎麼樣我們就不清楚了。

這件事情沒有被校外媒體大肆報導，校方跟某些勢力將事情壓了下來，連「意外墜樓」的評論都沒有，這點讓人不太愉悅，應該說是在心裡留下一個疙瘩，最後我們也不知道究竟是誰放出的廣播。

現在只能確定那個勢力還在校內，可能跟諸葛一樣深諳人心，所以能在最好的時機發出音檔讓事件整個失控。

當然，網路上的輿論都是一面倒，李哲凱學長當選學生會長，而林恆平落選，難容社的活動延期，阿文學姐出面發出聲明，說明事件原委，繼續倡導社團的理念。我記得學姊在事情結束的那天說了一句話：

「任何悲劇的發生都應該是借鏡，再多合理的理由，錯誤就是錯誤。不管是火男事件還是難容社不斷在進行的轉型正義，都會有人認為這是政治偏激狂熱造成的，不過我們和前者有很大的不同。

那就是我們對抗恐懼，可是我們不必成為恐懼。」

我將這句話記在我的本子裡頭：

「對抗恐懼，卻不必成為恐懼。」

李哲凱則是在之後就忙得焦頭爛額，跟擔任副會長的孟璇一起東奔西走，也有聽到他們抱怨因為事件而來騷擾的人變多了。這也表示這件事情還沒有圓滿落幕，讓人有些遺憾，不過事實上每件事情都會有人站在立場的反面。

「欸，諸葛，火男的事件真的結束了嗎？」

「什麼意思？」

非常罕見的，諸葛不知道我要問什麼，於是我把話語順了順：

「我是指，這樣的傳聞、傳說，會在校園中就此消失嗎？」

「可能不會吧。」

「為什麼？」

「因為即便是寄生靈，存在的同時就代表著某種意義上的必要，因為必要所以才存在，因為存在所以必定合理。」他說的話彷彿是某種世界運行的法則，理所當然地不必讓任何人懾服，大家都會默默遵守。

話畢，我們到達石滔學長的住處，郊區內的獨棟平房，外層有鐵門，我們按了門鈴後，聽見沉重的電子鎖開啟聲。

來應門的是一位纖瘦的女性，身穿輕便的碎花洋裝，氣質是柔和的，但是跟石滔學長相像的銳利氣場還是會自然散發出來。

這名應該就是學長的親姐姐，看起來同樣是一個直覺敏銳的人物，讓我突然間感到佩服。

「你們好啊！石滔在客廳，我們父母都在外工作，所以不用客氣跟緊張喔！盡情玩盡情搞破壞都沒差。」開場就是用很溫婉的口吻說這段豪放的台詞，反差過大讓人無法適度反應。

「姐你不要嚇人家啦，他們是我學弟。」石滔學長從客廳走出，我是第一次看到這樣簡便的學長，短褲、白T跟拖鞋，完全是個居家大男孩，說不定看起來比我跟諸葛都年輕呢。

「哈哈哈——但他們的表情看起來沒你說的那麼有趣欸？我還以為隨便搞笑他們都會露出驚恐萬分的表情，可惜了。」

這是什麼神奇的發言啊……我汗顏，學長則一臉像在跟我們說不必在意一樣。

學長的姊姊用難以捉摸的表情自顧自說著，有別於皺起眉頭的我，諸葛表情沒有一絲波動。

「好啦，你們要說事情，我就不打擾了，晚點見囉——」

那名氣質奇異的女子就這樣離開客廳的空間，剩下我、諸葛還有石滔學長三人，不過卻沒有我原本以為會產生的尷尬氛圍，反倒是因為剛剛的對話而輕鬆不少。

「不過學長，你最後是從事件發生的時間點，來推測錄音的真實內容嗎？」我問。回想那天的景象歷歷在目，石滔學長精準的說出事件的完整脈絡，我只能想到一些皮毛而已。

「是的，其實很簡單，依照阿嶼的說法，黃奔陽跟林恆平若真的有接觸，那時間點就很重要。錄音上說『事情辦完要去哪裡找你？』，語氣很篤定對方可以做到，可見事情沒有辦完，這卻是能影響選情的。

「林恆平從不信任黃奔陽，所以不會交代他太過重要或困難的事情，如果要他闖入社團又不被發現，或是去搗亂選情，一般人是不會交代給不信任的對象的。」

「所以，林恆平交代的事情肯定都很簡單，而且可以隨之操作，像是給他錯誤指令去難容社被目擊、跟把屋頂的難容社物資拿去歸還，但這些卻在最後的節骨眼失敗了。」

學長拿起茶杯輕輕啜飲，事情的真相聽起來簡單明瞭，不過卻繞了好幾個人性的彎道。

「林恆平會失敗，是因為沒有摸清楚黃奔陽是什麼樣的人吧……」我說，老實說，我也沒摸清楚，卻有好幾度將這樣心態未明的人視之為主謀，也曾仇視他過。

「還有那個撥放錄音的人，我想可能一有機會還會在校園裡鬧。」諸葛壓低了聲音說道。

「還查不到那個人是誰吧，沒關係，我請哲凱幫忙慢慢查。」學長倒是對這點挺愜意的，畢竟因為他是能自由使喚學生會長的人吧。

想起自己認定黃奔陽是兇手時的感覺，那些情緒當下有多重，現在就讓人感到多悶。腦海閃過與他短暫交流的畫面，他撿起我的筆記本時，究竟是如何看待我的？

「老實說，我不知道黃奔陽最後成為了什麼，他讓我很疑惑，他是火男嗎？還是夸父？夸父又在追求什麼？」我說，簡直是在自言自語，也似在尋求解答。

「我們都是火男，也都是夸父，只要活著，多多少少會流露出祂們的影子吧。」諸葛的話帶著玄乎，不過也沒人可以質疑他什麼，我也懶得去繼續思考，太累人了，只不過諸葛也還補了句：

「還是要注意，別讓那種模樣的自己，成為『寄生靈』了。」

寄生靈，是執著的具象之體，依附在人群的恐懼之中時，就像是某種詛咒，必須出現祭品才行的。而火男這個校園內的寄生靈，看似也在黃奔陽不顧一切地奔向「太陽」時，劃下了句點。

追求，執著，太陽是目標，我想起呂筱卉她們使用的歐洲符文，由圓圈和直線組成的符碼，帶有太陽與朝目標前進的維京人之盔。那個象徵朝著目標前進，帶有逐日意象的符號，昭示著許多我心中困惑的想法。

『我們都可能會是夸父。』這句話被我記載進了筆記本，只要身為人類，有目標前進，我們終有一天會像夸父一樣、像維京人一樣、像火男一樣——信仰、目標、奮力向前。

「這幾天我們在校內如果聽見火男的傳聞，多半是在說那是哪些人的惡作劇，已經不具有恐懼效能，寄生靈已經消散了。」最後，諸葛像是在跟石滔學長報告，做了一個小結。

「謝謝，看來這次諸葛大師的驅魔很成功。」學長放下茶杯開始拍手，緊接著把目光轉向我這：

「所以，阿嶼的報告還順利嗎？」學長露出他的招牌微笑，嘴角的弧度、眼睛的開闔都跟平常的石滔學長沒有二致，可是為什麼現在看起來，那表情不是在笑呢？

「呃……陸老師沒有罵人，應該還可以吧？」

「那應該是沒問題！太好了！」

「那個……學長，你還好嗎？」忍不住，我皺著眉頭問道，而被詢問的人好像也不覺得唐突，臉龐微微側過去，目光落在他客廳電視的黑屏上。

「那不是你的錯。」諸葛出聲，他則是像在為占卜者解惑那般，直視著也肯定著。

「要不這麼想，其實有難度呢。」學長淡然地應：「要將人從信仰崩壞的漩渦當中拉起，果然以我的能力還做不到。在世界崩解的瞬間，我害怕自己就那樣放任對方不管，會造成嚴重的後果，所以才出此下策——到頭來，傷害還是造成了。」

石滔學長用著一分遺憾的口吻，說著情緒裡含有百分難受的話。

「學長，但你也有拯救了人啊！」我忍不住，希望透過說點什麼，讓石滔學長可以看開。

雖然，沒有我的插嘴，學長一定也可以自己走出來，但我就是無法坐視不管。

「我們不是讓賴灼仁他們得到救贖了嗎？」我說，這一瞬間，彷彿能在他的靈魂裡看見些許火光。

「阿嶼難得說了不廢的話呢，」諸葛附和著點頭，「他們三人都休學了，那個大仁哥似乎說想要給自己還有女朋友一些時間，等時間成熟再回來校園。我是聽阿文說的，他們三個人都沒問題了，並請我代為轉告：

「謝謝。」

空氣沉默下來，卻更加溫柔，彷彿蠟身緩慢融化，露出柔軟的芯，真相往往蕭索與讓人不滿足。

「謝謝你們，這次的事情能解決，也有你們的功勞。」石滔學長露出招牌笑容，這一次，是真的在笑。

「對啊，阿嶼的報告也過了，看起來可以敲他一頓，補足我這次超出的工作。」諸葛打定了主意，一掌拍在我的肩頭。

欸？

等等？

不是吧？

我沒聽說？

「啊！對了，我並沒有跟阿嶼說吧？我委託諸葛驅魔，他接受的其中一個條件就是你報告過了要請我們吃飯。」學長用人畜無害的瞇眼笑容，說著對我的荷包相當於謀殺的話語。

「為、為什麼……」

「還敢問啊？要不是我們介入，你今天的報告一定下場悽慘囉！這是我跟石滔為你『逆天改命』的結果好嗎？所以你要好好消業障，乖乖掏錢出來吧——」

不對，這句話怎麼聽都怪怪的啊！

「你這是神棍發言吧！」

「不不不，出家人不打誑語……」

「少來！你還是學生欸！什麼出家人！」

幾番激論，石滔學長從頭到尾在旁笑著觀戰，而我完全鬥不過諸葛那條三吋不爛之舌，只能乖乖妥協：

「嗚嗚嗚你們、可以的話，別把我吃垮，讓我留點生活費，拜託了！」

聞言，這矮子神棍居然沒良心的大笑起來：

「哈哈哈，放心啦！會給你留點錢之後繼續添給我的。」

後來我請了他們吃飯，當然是酒足飯飽，一個學期很快就會過去。隨著這幾週以來的風波平息，我想我終究會淡忘一些記憶。

但我仍然會清晰地記住。

關於信念、信仰、目標云云。

在橘紅色的烈陽下，夸父的信仰不容崩壞，於是他撲進青天白日，不畏滿身燒傷地擁抱烈日，於鮮紅當中下墜的畫面。

全書完

後記

關於夸父，我們多數在台灣受國民教育的學生或許都不會陌生，至少我第一次聽到〈夸父追日〉是在國小時期，當時大家都覺得夸父好笨喔！為了追太陽這種虛幻不實的目標賠上性命，太蠢了吧？

然而〈夸父追日〉若稱得上蠢，那世界上就存在數以億計的笨蛋，用不太聰明的方式，實踐那名上古神族追逐太陽所導致的悲壯死法。可笑的是，曾經認為那樣很蠢的我也在其中。

就跟薛丁格的貓一樣，還沒有實現的目標形同沒被觀測到結局的實體，一切的答案都是不確定的，包括這一切是否值得、是否有回報、是否能得到親友認同與祝福。在真正到達那個目標之前，哪怕是前一秒、前一瞬間我們都不會知道自己將觀測到什麼答案。我們所有的期待，對目標的嚮往，其實都處於非是非否的疊加態。

有部分的人會透過理性和邏輯選擇了相對實際的路，於是選擇追尋的人可能都死了，選擇不同方式的人可能還活著。這就是經過揀選的生存法則，誰也無法評論優劣，我們只能捫心自問：「這是自己選的嗎？」最後發現世間最難的並不是走在追尋之道，而是讓一切都由自己做選擇。

這本書的兩大主題，就是追尋和選擇，故事中的每個人都做出選擇，扣緊他們想追尋的事物，而後者則因為前者造就的種種可能偏移或靠近行為人本身，在這個故事當中……不對，是我們真實的生命歷程裡面，每個人都是「夸父」，我們都有想要追尋的目標，多數時候我們看似毫無選擇，事實上我們早已做了選擇。

我們選擇讓他人支配、選擇對陌生人釋出同情、選擇為了利益損害無關的人、選擇義無反顧地為理念殉道。宇宙每分每秒都在因為許多不同的選擇在一分為二，點頭或轉身、忍讓或咆嘯、揮拳或擁抱。而正因為我們有選擇，於是我們會稱頌某人在能只顧保全自我時選擇犧牲，並唾棄某人在有權避免傷害時選擇揮下武器。

黃奔陽有選擇嗎？他追尋自己一直以來追求的政治理念，他可以選擇在他認知裡「相對正確」的路徑；賴灼仁有選擇嗎？他即使要一意孤行，也肯定有不會傷害到兩名女同學的方式存在；林恆平有選擇嗎？他擁有資源，踏實地走下去也不會發生不如預期的結果。

生命必然有追尋，我們會有很多無法作主的先天因素，卻也同時擁有選擇權，那就是我們的「路徑」。選擇用什麼路來完成追尋，在我的觀點來看是一項功課，有人沒有好好完成，也有人完成了卻弄得一身泥濘。

選擇的本質就是做了然後去承受選擇後的重量，無論那壓沉在身上的是傷口、生命、信念、期待，或是時代的意志等等。正如故事尾聲前那一幕，黃奔陽不只是因為信仰衝擊崩解而躍下的，那是他選擇道路後做出的「承擔」，也是「解答」。

黃奔陽的政治傾向極端且不合時宜到讓人啼笑皆非、引人生厭，可是這樣的人最後都必然為自己的選擇承擔後果，而那被他抱進懷裡的白日，最終承受不住那樣巨大的生命重量和期待，這件事情他其實完全明白。

我原本將這部作品命名為「校園神話」，想從神話、傳說、妖怪、都市怪談等東西進行大學校園內的推理群像劇。後來才想以兩名主角的名字來起名，便產生了《嶼滔》。

加入政治元素、社會議題是《嶼滔》的基本調性，大家可以想像這部作品是稍微熱血和年輕一點的政治故事寓言，但即便有這麼多旁支要素在，也不會減損我想說好一個故事的初心。

也可以說這個故事其實是一個自我提醒，做為一個追尋目標的人，我要以什麼為依據，來選擇自己怎麼走、如何對待旁人，有時戰戰兢兢，不知道自己做對幾分。接著會想起其實沒有什麼絕對正確的答案，開始感到寬心的同時又困惑不已。

創作或生命的本質或許就是這樣，不斷提醒、理解，然後懷疑、矛盾到無法自拔。

故事中的黃奔陽當然不是惡人，和他相像的大部分人也不是，只是選擇道路與追求的變化當中，扭曲成再也無法轉圜的模樣罷了。

誠摯將這本書獻給每個追尋著自己目標的人們，願每一個看完這本書的你，選擇的是不會令自己產生懷疑或厭棄的路。

願你們安好，我們下本書再見。

釀冒險59　PG2765

嶼滔

──夸父之墜

作　　者　羽　澄
責任編輯　石書豪
圖文排版　陳彥妏
封面設計　王嵩賀

出版策劃　釀出版
製作發行　秀威資訊科技股份有限公司
114 台北市內湖區瑞光路76巷65號1樓
電話：+886-2-2796-3638　傳真：+886-2-2796-1377
服務信箱：service@showwe.com.tw
http://www.showwe.com.tw
郵政劃撥　19563868　戶名：秀威資訊科技股份有限公司
展售門市　國家書店【松江門市】
104 台北市中山區松江路209號1樓
電話：+886-2-2518-0207　傳真：+886-2-2518-0778
網路訂購　秀威網路書店：https://store.showwe.tw
國家網路書店：https://www.govbooks.com.tw
法律顧問　毛國樑　律師
總 經 銷　聯合發行股份有限公司
231新北市新店區寶橋路235巷6弄6號4F
電話：+886-2-2917-8022　傳真：+886-2-2915-6275

出版日期　2022年6月　BOD一版
定　　價　280元

讀者回函卡

Printed in Taiwan

國家圖書館出版品預行編目

嶼滔——夸父之墜 / 羽澄著. -- 一版. -- 臺北市 :
釀出版, 2022.06
面； 公分. -- (釀冒險 ; 59)
BOD版
ISBN 978-986-445-663-5(平裝)

863.57 111005982